JACQUES POULIN

Jacques Poulin est né à Saint-Gédéon-de-Beauce, au Québec, en 1937. Détenteur d'un baccalauréat en orientation professionnelle et d'une licence ès lettres de l'Université Laval, il a entrepris, tout en gagnant sa vie comme traducteur, sa carrière d'écrivain en 1967 avec *Mon cheval pour un royaume*. Plusieurs autres romans ont suivi, à un rythme que l'écrivain considère lui-même comme plutôt lent. Souvent acclamé par la critique, le romancier a obtenu plusieurs prix et distinctions, dont le Prix des Jeunes auteurs de *La Presse* (*Faites de beaux rêves*), celui du Gouverneur général (*Les grandes marées*), le Prix Molson de l'Académie canadienne-française, le Prix France-Québec et le Prix Québec-Paris (*Le vieux chagrin*). En 1995, il a reçu le Prix Athanase-David pour l'ensemble de son œuvre. Installé à Paris depuis le début des années 1980, il se consacre désormais entièrement à l'écriture et, comme il dit, à l'apprivoisement des mots.

LE CŒUR DE LA BALEINE BLEUE

Troisième roman de Jacques Poulin, *Le cœur de la baleine bleue* est à la fois une histoire de cœur et un « voyage vers le pôle intérieur », selon la belle expression d'André Breton. Noël, le personnage principal qui est aussi le narrateur, a reçu un cœur de jeune fille de quinze ans. Il entreprend sa convalescence dans le Vieux-Québec dont il nous fait découvrir les artères historiques et les principaux centres d'intérêt. Parallèlement au monde intérieur qu'il évoque, tout animé de douceur, transparaît la dimension d'un monde bien réel qu'il tente, non sans effort, de concilier avec le premier. De là l'importance qu'il attache, à mesure que l'histoire progresse, au rêve et au souvenir, en particulier celui de son enfance. Petit à petit, il apprend à se mieux connaître, à sortir de sa solitude et à aller vers les autres, ce qui favorise la rencontre de Charlie la Baleine bleue qui l'entraîne au bout de lui-même et des choses. La mort s'avère alors, pour le doyen des transplantés cardiaques du docteur Grondin, « la dernière étape de la douceur [ ] la douceur absolue ».

Le cœur de la baleine bleue

Jacques Poulin

Le cœur de la baleine bleue

Présentation de
Pierre Filion

BIBLIOTHÈQUE QUÉBÉCOISE est une société d'édition administrée conjointement par les Éditions Fides, les Éditions Hurtubise HMH et Leméac Éditeur. Bibliothèque québécoise remercie le ministère du Patrimoine canadien du soutien qui lui est accordé dans le cadre du Programme d'aide au développement de l'industrie de l'édition. BQ remercie également le Conseil des Arts du Canada et la Société de développement des entreprises culturelles du Québec (SODEC).

Couverture :
Gianni Caccia

Typographie et montage :
Mégatexte

Données de catalogage avant publication (Canada)

Poulin, Jacques, 1937-
Le cœur de la baleine bleue

Éd. originale : Montréal, Éditions du Jour, 1970

ISBN : 2-89406-105-6

I. Titre.
II. Collection : Littérature (BQ)

PS8539.R47D84 1992   C843'.54   C92-097280-2
PS9539.R47D84 1992   PQ3919.2.T73D84 1992

DÉPÔT LÉGAL : TROISIÈME TRIMESTRE 1994
BIBLIOTHÈQUE NATIONALE DU QUÉBEC
© Leméac Éditeur, 1987.
© Bibliothèque québécoise, 1994, pour la présente édition

Le cœur des mots

Jacques Poulin est un écrivain patient.

Depuis vingt-cinq ans il nous écrit et nous lance ses livres comme des bouteilles à la mer — nous ses voisins lecteurs de l'autre côté du fleuve des mots —, les laissant dériver en nous selon les marées des âges et les ressacs du cœur. Vingt-cinq ans de tournée sur les routes et les déroutes des histoires qu'il arrache à son propre silence. Vingt-cinq ans d'avancée dans les images et les amours de son Amérique.

À mesure que le temps passe, les pièces de son œuvre s'intègrent les unes aux autres, doucement, se répondant avec naturel depuis *Mon cheval pour un royaume* jusqu'à *La tournée d'automne*. Un jour tous les livres de Jacques Poulin ne feront plus qu'un seul et même texte : *Le Grand Livre des chats qui passent et de quelques amis qui les ont connus...*

Jacques Poulin nous a appris la patience.

En vingt-cinq ans, huit romans, une brochette de prix, des lecteurs fidèles, une discrétion qui serait devenue celle de Réjean Ducharme si une deuxième occultation avait été possible dans nos mœurs littéraires. Mais par-dessus tout, une œuvre qui s'inscrit déjà à l'intérieur de notre vie comme si elle avait toujours existé. C'est le propre d'une œuvre classique, dixit Gaston Miron, d'être contemporaine de toutes les époques et aussi moderne en son temps, et de donner l'impression d'avoir été écrite depuis toujours.

Et avec le temps, comme Jacques Poulin est l'un des plus lents romanciers du Québec, nous, ses voisins, retournons doucement aux premiers livres, comme si d'anciennes bouteilles jetées à la mer au début des années soixante-dix nous arrivaient après un incroyable tour du monde. C'est ainsi que *Le cœur de la baleine bleue* refait surface aujourd'hui, et que sa lecture est plus magique que jamais : le temps s'arrête, on embarque dans la bouteille à notre tour, par un juste retour des choses, et l'on repart sur le fleuve avec le capitaine Poulin, à bord d'une histoire aux accents poétiques, en retenant notre souffle pour ne pas faire s'envoler les mots fragiles qui la racontent.

Le cœur de la baleine bleue est une histoire de cœur. On l'a dit et redit, jusqu'à la faire entrer dans une certaine légende : elle hante notre littérature, on s'y réfère, on y revient, on s'en souvient, on raconte l'histoire, on en cite des extraits, on l'étudie, on glose sur ses symboles et ses intentions secrètes. L'auteur a raconté plusieurs fois comment il avait été frappé par un article de journal intitulé «L'homme au cœur de jeune fille», et qui parlait d'une transplantation pratiquée sur un patient nommé Louis Washkansky.

Histoire de cœur parce qu'il s'agit bien, au premier degré, d'une greffe du cœur pratiquée sur un écrivain, Noël, à qui l'on implante le cœur d'une jeune fille. Opération rêvée, car en cet être sensible et créatif se trouvent désormais réunis les deux pôles de la condition humaine, les deux instances de l'énergie amoureuse et vitale, principes qui deviendront dans *Le vieux chagrin* « la petite théorie » des âmes sœurs. Mais aussi opération inquiétante : que devient un homme qui sent battre en sa poitrine l'oiseau-muscle d'une femme, en cet endroit même d'où jaillissaient et d'où jailliront maintenant, rêvés et vécus, doux et incertains, émus et parfois tristes, les mots de sa vie ? Comment vit-on une pareille réincarnation de son vivant ? Qui devient-on ? Comment apprivoiser la peur du rejet, cette bête sournoise ? Comment bat le cœur avec les ailes d'une autre ? Le docteur Grondin aurait-il greffé l'âme de *l'autre* par la même occasion ? Cette autre n'était-elle pas déjà en Noël ? Voilà bien des questions qui demeureront au bout de l'histoire, car un roman n'est pas une réponse.

Ce roman est le troisième de Jacques Poulin. Pour la première fois, l'écriture s'appuie sur une architecture, une stratégie, une réflexion, et l'on peut noter un effort de construction romanesque. En effet, une seconde histoire, qui se déroule parallèlement à la première, s'insère à l'intérieur de celle-ci dans un mouvement délibéré. Cette histoire seconde, on le sait, commence par une petite phrase — « C'est une histoire de cœur. » —, et se développe systématiquement en alternance avec la première, devenant deux lignes, puis quatre, puis un court paragraphe, puis une page, etc., jusqu'au long mouvement de la fin. Ainsi le roman débute-t-il par une histoire d'amour (Noël et Élise) et finit-il par une autre (Noël et Charlie la Baleine bleue), qui se substitue complètement à la première.

Ce battement en contrepoint, sorte d'arythmie cardiaque dans le tempo narratif, conduit peu à peu Noël vers les douceurs de l'enfance, lieu mythique par excellence que l'écrivain, citant André Breton, appelle le « pôle intérieur de soi-même ». L'enfance retrouvée,

9

comme un paradis, vient clore cette double histoire, alors que l'écrivain s'endort avec une grenade dégoupillée sur le cœur, au seuil donc d'une initiation à la plus douce des douceurs, la mort. La vie se réduirait-elle à un long rite de passage, dès lors que l'enfance est déjà devenue autre chose dans les histoires que l'écrivain raconte pour donner, justement, un visage à cette douleur des douleurs, l'amour?

Pierre Filion

Dans cette opération, il est exact que l'on va jusqu'aux frontières de la vie... Mon voyage m'a rapproché de vous.

Le Père Boulogne

C'est dans ma poitrine que j'écris.

Pierre Morency

— C'est un homme, répéta Élise.

— Une femme, dis-je.

Un homme ou une femme : pas moyen de savoir. La voix nous parvenait à travers le mur :

Ma liberté
Longtemps je t'ai gardée
Comme une perle rare
Ma liberté
C'est toi qui m'a aidé
À larguer les amarres

La voix se tut. On ne l'entendait que la nuit, quand on était couchés ; le mur de notre chambre était mince. C'était une drôle de voix, douce et forte à la fois et elle chantait toujours la même chanson. J'aimais les chansons. Depuis l'opération, j'avais toujours une chanson dans la tête.

— Je l'entendais déjà quand tu étais à l'Hôtel-Dieu, dit Élise.

Au bout d'un instant, elle ajouta :

— Je suis sûre que c'est un homme. Je le sens.

Cette fois, je ne dis rien. Je pensais simplement que c'était une belle chanson. Je pensais aussi à la chaleur humaine. Élise se tourna sur le ventre, allongea le bras vers la table de chevet, prit une Gitane et l'alluma. Elle se retourna sur le dos. L'odeur âcre emplit la chambre.

Le docteur Grondin nous avait dit d'attendre encore un mois. Nous avions triché.

— Comment te sens-tu? demanda Élise.

— Ça va. Merci.

— Fatigué?

— Pas vraiment. Comme si je n'avais plus de corps.

J'étais allongé, les couvertures remontées jusqu'au menton. J'avais la tête lucide, mais je ne sentais plus le reste. Comme une maison dans le noir, avec une lumière au grenier.

D'une voix doucereuse, Élise dit :

— Attends, je vais écouter, voir...

Elle se mit à genoux, puis s'accroupit et colla son oreille sur mon cœur; elle ferma les yeux, l'air recueilli. Sa bouche était tout contre la mienne.

— Je l'entends, dit-elle. Il bat des ailes doucement.

— Tu n'es pas drôle du tout.

Élise parlait toujours des choses graves avec légèreté et ainsi, d'une certaine manière, m'apprenait à vivre. Après l'opération, elle m'avait demandé ce que je sentais; avec l'accent dramatique de ceux qui ont frôlé la mort, je lui avais raconté cette histoire d'oiseau blessé. Depuis, elle en parlait avec une pointe de moquerie pour m'empêcher de tout prendre au tragique.

Elle ouvrit les yeux.

— Je ne suis pas trop pesante?

— Non, mais tu me donnes le goût de fumer.

— Le docteur Grondin... commença-t-elle.

— L'amour aussi c'était défendu.

— Pardonne-moi, je ne pouvais plus attendre une minute. Tu peux me traiter de maniaque si tu veux.

Je lui dessinai une croix sur la bouche.

Elle approcha sa cigarette de mes lèvres; je tirai une longue bouffée et je tournai la tête pour ne pas lui souffler la fumée au visage. Elle fuma à son tour, et elle dit:

— Je m'ennuyais de toi comme une folle.

— Je m'ennuyais aussi.

— Toi, avec tes infirmières...

— Tu es jalouse? dis-je sans y croire vraiment.

— Il me faut un homme. Un homme pour moi toute seule. Je suis une maniaque sexuelle. Et puis...

— Et puis quoi?

— Tu permets d'être franche?

— C'est une tournure elliptique, dis-je.

— Crotte, dit-elle.

Elle roula sur elle-même, un tour et demi, jusqu'au bord du lit, écrasa sa cigarette dans le cendrier qui était sur la table de chevet, puis revint près de moi. Elle posa sa tête sur mon épaule, replia un genou en travers de mes jambes et affirma:

— Tu ne voulais pas quitter l'Hôtel-Dieu.

— Hein?

— Tu retardais toujours...

— Qui t'a raconté ça?

— Le docteur Grondin. Il m'a expliqué que c'était inconscient.

— Église!

Elle cessa de parler. Elle n'aimait pas ce surnom que je lui donnais quand elle se montrait possessive. Elle avait un côté mère poule qui allait de pair avec un côté agressif, presque masculin. Je caressai ses cheveux blonds, coupés très courts comme un garçon. Je pensais au renard et à ce que Saint-Ex disait des cheveux blonds et des champs de blé et en même temps je me sentais, encore une fois, complètement dépassé par le temps.

— Tu es fâché? demanda-t-elle.

— Mais non.

— Je t'ai blessé, excuse-moi.

— C'est moi. Je suis trop sensible.

— C'est normal, avec ton cœur de...

Je ne savais pas si c'était normal. Je pensais à l'oiseau blessé et j'avais peur de ne jamais redevenir moi-même. De sa voix de mère poule, qui semblait bercer les mots, Élise roucoula :

— Tu vas voir, tu vas voir, mon ami, mon vieux camarade, tu vas rester bien au chaud à la maison, tu vas te reposer, reprendre lentement tes forces, redevenir ce que tu étais, tu prendras le temps qu'il faudra, on n'est pas pressé, on va te protéger, on va veiller sur toi aussi longtemps...

Elle disait «on», comme si elle avait levé une troupe de volontaires attentifs et empressés, une sorte d'Armée du Salut vouée à mon bien-être personnel. Je n'écoutais plus les mots et, la tête enfouie dans l'oreiller, les yeux fermés, je me laissais bercer par le murmure de sa voix; je flottais doucement à l'intérieur de moi-même sur une sorte de tapis magique qui s'enfonçait en courbes lentes dans une atmosphère de chaude quiétude. Tout à coup l'air se refroidit et je fus pris d'un malaise.

Je me redressai.

— Ça ne va pas? s'inquiéta Élise.

— La fenêtre... dis-je.

— Mais... elle est fermée ! Tu ne te sens pas bien ?

— C'est pas grave.

— Tu es tout blême. Tu as froid ?

— Je gèle... en dedans.

— Tu rêvais, dit Élise. Tu rêves toujours, toi. Tu passes ton temps à ça.

Elle me regardait. Nous étions assis tous les deux face à face, au milieu du lit, tout nus, et au fond de ses yeux il y avait une telle tendresse que mon angoisse s'y trouva peu à peu comme diluée, et je sentis ensuite une immense lassitude m'envahir. Élise dit :

— Faut te reposer maintenant. Couche-toi.

J'obéis.

Elle s'allongea près de moi, ramena les couvertures sur nous. Elle prit mon sexe dans sa main.

— Tu es tout petit, dit-elle.

Je me laissai faire ; elle disait ça chaque fois que nous avions fait l'amour. Puis comme d'habitude, elle ajouta :

— Qu'est-ce que tu vas faire quand tu vas être grand ?

Je ne répondis rien du tout. Je pensais au rejet. Je ne pouvais m'empêcher d'y penser, mais sans éprouver d'inquiétude, car à force d'en parler, surtout avec le docteur Grondin, c'était devenu comme une bête familière, ou peut-être étais-je simplement trop fatigué pour me sentir inquiet. Au lieu de rejet, je disais parfois reflux ; j'aimais mieux ça.

Je fermai les yeux. Nous habitions le cinquième étage d'une maison de touristes située rue Terrasse-Dufferin. La maison était belle, elle dominait la Terrasse, les quais et le fleuve, et quand le temps était clair on voyait se profiler nettement, par delà l'île d'Orléans et son pont fragile, les lointaines et majestueuses montagnes de Charlevoix. L'automne était arrivé déjà et il avait neigé. Les traversiers d'été, qui se croisaient entre Québec et Lévis et traînaient lentement dans l'eau, la nuit, leur écharpe de lumière, allaient bientôt céder la place aux tristes bateaux d'hiver, rigides dans leur carapace blanche et gelée; les brise-glace iraient recueillir toutes les bouées qui jalonnaient le chenal, les ramèneraient à quai et je me demandais comment les pilotes feraient pour s'y reconnaître sur le fleuve.

Je commençais à m'endormir. Sans ouvrir les yeux, je sentis qu'Élise se penchait sur moi.

— Tu dors ? demanda-t-elle.

— Je pars à la dérive.

— Laisse-toi aller. Tu vas dormir.

Je dis péniblement :

— J'aimerais... tu me parles des oiseaux...

— Tu rêves, mon ami.

— Dis-moi le nom des oiseaux que tu connais.

Elle énuméra :

— Un geai, une grive, un chardonneret, une hirondelle, un étourneau, une fauvette, un merle, une alouette, un goéland, une mouette, un faisan, une perdrix...

Je parvins à dire encore :

— Tu dis un... une... un... une...

— Il y a des oiseaux masculins et des oiseaux féminins.

— Pourquoi ?

— Je ne sais pas, dit-elle. Laisse-toi aller. Tu dors. Tu rêves déjà.

— Par-dessous l'aile il perd son sang...

— Tu dors, mon ami, tu dors.

Les oiseaux cessèrent de se chamailler. Celui qui était blessé lissait ses plumes avec son bec. On n'entendait plus à distance que des roucoulements étouffés.

*

C'est une histoire de cœur.

*

Deux yeux...

Deux yeux... suspendus... au-dessus de moi.

Le brouillard commençait à se dissiper et je m'accrochais de toutes mes forces à ces yeux profonds, fatigués, mélancoliques.

Le docteur Grondin était penché au-dessus de mon lit. J'étais vivant. Je regardais cette curieuse tête au crâne encapuchonné de vert, au nez et à la bouche masqués : elle me parut tout à coup d'un comique irrésistible. Je me mis à rire ; le rire se bloqua dans ma gorge, me secoua et me fit souffrir. Je sentis une larme sur ma joue. Alors je dis, dans un souffle :

— Vous avez des yeux d'épagneul, docteur...

— Merci bien ! dit-il gaiement.

La chaleur de sa voix me réconforta. Sans tourner la tête, je promenai mon regard alentour : des murs blancs, des appareils étranges, une infirmière. Je revins au docteur Grondin.

— La salle de réveil, expliqua-t-il.

Réveil... réveil... Une chanson un peu ridicule, trop martiale, que la radio d'autrefois chantait à midi :

C'est le réveil de la nature
Tout va revivre au grand soleil

Je fermai les yeux. Les deux phrases, obsédantes, me poursuivaient et je me laissais faire. Je bougeai un peu mes membres. J'entendis la voix du chirurgien :

— Vous avez tous vos morceaux ?

Je fis signe que oui d'un battement de paupières et avec une espèce de grimace. J'étais comme un enfant : heureux d'être en vie, mais très faible et content de penser que des gens allaient s'occuper de moi. Je portai prudemment la main à ma poitrine, mes doigts découvrirent un bandage épais et serré et je sentis, en dessous, une douleur sourde et imprécise qui aurait pu appartenir à un autre. Le cœur battait tranquillement et je me laissai envahir petit à petit par le sommeil qui semblait monter du fond de moi comme une grande marée.

*

Une histoire de cœur entre moi et le Vieux-Québec.

*

— J'ai lu vos livres, répondit le docteur Grondin.

Le chirurgien était assis sur le pied de mon lit.

Il était entré dans ma chambre avec un médecin plus âgé, il avait suivi avec attention l'examen complet, des pieds à la tête, que le médecin m'avait fait subir. Il avait ensuite reconduit son confrère jusqu'à la porte, échangé avec lui quelques propos sur un ton très bas, puis il était venu s'asseoir. Je l'avais tiré de ses réflexions en lui demandant comment il me trouvait; en réponse, il avait dit cette phrase au sujet de mes livres.

Alors j'insistai.

— Comment vous sentez-vous ? répliqua-t-il.

— Il me semble que je reviens à la vie, non ?

— Vous avez fait un bon bout de chemin.

— Et il en reste encore long ?

— Le pire est fait, assura-t-il. Je vous trouve très bien.

Tout de même, j'insistai encore :

— Vous avez l'air soucieux...

— Pourquoi écrivez-vous ? demanda-t-il brusquement.

La question me prit par surprise. Avant l'opération, il m'avait fallu répondre à toutes sortes de questions souvent inattendues sur la vie, la mort, ma femme, mes livres, et les questions m'étonnaient parce qu'une greffe du cœur, pour le docteur Grondin, n'était qu'une simple affaire de tissus.

Finalement je répondis :

— Pour ne pas me sentir coupable.

Il sourit faiblement, se leva, alluma une cigarette et marcha jusqu'à la fenêtre. Il observa le paysage, les bras croisés et la cigarette au coin des lèvres. Il dit, sans se retourner :

— Pourquoi un homme commence-t-il à écrire ?

— Peut-être parce qu'il a du mal à vivre...

La réponse s'était frayé d'elle-même un chemin au dehors et quelque chose avait changé dans l'atmosphère de la chambre. Le silence était plein d'oiseaux et de froissements d'ailes.

Lorsque rien n'arrive
On entend froisser ses ailes

La suite du poème ne venait pas. J'avais l'impression d'échapper à un danger obscur, comme si ma mémoire avait rejeté dans l'oubli ce qui me menaçait. À la longue, ce furent les vers du début qui me revinrent :

Je suis une cage d'oiseau
Une cage d'os
Avec un oiseau

C'est curieux, les souvenirs : des fleurs le long d'un précipice. Pendant un moment je cherchai le reste du poème, puis le chirurgien demanda :

— Vos romans commencent de quelle manière... Au début, je veux dire, il y a quoi ?

— Le plus souvent c'est une image, dis-je. Mais il faut la laisser pourrir lentement.

— Comme quoi ?

— Comme celle qui me poursuit depuis... l'opération.

— Racontez-la, proposa-t-il en se tournant vers moi.

— Ça ne vous plaira pas tellement... dis-je.

— Racontez toujours.

Alors je lui décrivis, telle que je la voyais quelque part au bord du fleuve, au fond d'un jardin abandonné, l'espèce de maison d'enfants et à l'intérieur, ficelée sur une chaise, la petite fille aux tresses blondes, et le jeune garçon en costume de cowboy.

Le chirurgien, les mains dans les poches, s'était retourné vers la fenêtre. Je dis, en hésitant :

— Il a décidé de la violer...

— ...

— ... pour avoir la paix.

Le docteur Grondin ne disait plus rien, alors j'ajoutai, comme si c'était une circonstance atténuante :

— C'est drôle, je n'aperçois presque pas le paysage alentour.

Il ne disait toujours rien. Je dis encore :

— Dans chaque écrivain, on dit qu'il y a un monstre.

Il ouvrit la fenêtre, lança sa cigarette dehors et revint s'asseoir sur le pied du lit.

— Je ne crois pas aux monstres, dit-il en me regardant intensément.

— Vous croyez à quoi ?

— Aux traces de l'enfance ou quelque chose comme ça.

— Je ne suis pas sûr de comprendre.

— C'est assez simple, dit-il comme pour lui-même.

Il resta quelque temps plongé dans ses réflexions. Finalement, sur un ton presque léger :

— Votre enfance, d'après vous, elle s'est terminée quand ?

— Élise dit qu'elle n'est pas vraiment terminée, dis-je.

Il fit signe, en écartant un peu les bras, que c'était concluant. Puis il se leva et, le regard fixé au sol, il se mit à faire les cent pas dans la chambre.

— Quelque chose qui ne va pas ? dis-je au bout de quelques minutes.

— Hein ? fit-il.

— Vous vous cassez la tête ? dis-je.

— Mais non, je réfléchis.

— Vous pensez au rejet ?

Il continuait de se promener. Je cherchais à comprendre : l'enfance... le rejet... l'enfance... le rejet... l'enfance... Et si le langage n'était pas en nous ? Et si c'était l'homme qui habitait dans le langage? À la fin, je risquai :

— Vous croyez que l'enfance peut être une forme de rejet?

— Vous allez trop vite, dit-il. Et je vais vous dire autre chose.

Il s'approcha du lit, se pencha et plaça ses poings sur l'oreiller, de chaque côté de ma tête. Il fronça les sourcils.

— Écoutez, l'homme au cœur de jeune fille, dit-il d'une voix exagérément bourrue. Le médecin, c'est moi! Les diagnostics, ça me regarde. Vous, occupez-vous de guérir au plus vite, c'est tout ce qu'on vous demande! Compris?

Il se tut, mais continua de me foudroyer du regard. Il appuya son poing sous mon menton, puis se redressa et éclata d'un rire sonore qui remplit la chambre. Je me mis à rire avec lui.

Un peu plus tard, le docteur Grondin se retira; il avait d'autres visites. J'étais un peu fatigué. Et je commençais à me demander s'il n'y avait pas quelque rapport entre la douceur et la mort.

*

C'est une histoire de cœur entre moi et le Vieux-Québec.

Je suis assis dans les marches de la librairie Garneau, pas devant l'entrée principale, mais devant la section des livres pour enfants.

*

Je m'étais installé sur l'appui de la fenêtre.

C'était une grande fenêtre en demi-lune, très basse, avec une tablette large ou l'on pouvait s'asseoir, jambes allongées. Il tombait une lourde pluie d'automne que le nordet plaquait aussitôt contre la vitre. Toute la journée les lampadaires de la Terrasse étaient restés allumés comme si le jour ne s'était pas levé tout à fait. On ne voyait pas la côte de Lévis et on entendait par intervalles mugir la sirène d'un bateau fantôme. J'avais une couverture de laine autour des épaules, par-dessus ma vieille robe de chambre.

Élise avait repris, le matin même, son ancien emploi de secrétaire dans une clinique psychiatrique. Elle avait tout décidé elle-même. Pris de court, je n'avais pu discuter. Elle avait d'ailleurs sa voix masculine.

Coup de sonnette à l'entrée. Il était cinq heures vingt.

J'allai ouvrir : Élise était là, dégoulinante de pluie, terriblement essoufflée, mais la figure illuminée d'un sourire triomphant. Elle tenait d'une main sa serviette de cuir et de l'autre un sac de magasinage. Elle s'avança, la joue tendue, et je l'embrassai.

— Mais... c'est *mon* imperméable ! dis-je.

Je la soulageai de ses paquets et je me mis à déboutonner l'imperméable ; c'était un vieil imperméable militaire, avec un col et des revers très larges et une grande quantité d'attaches et de boutons.

— Tu serais gentil de le suspendre au-dessus de la baignoire, dit-elle.

— Bien sûr.

Elle prit le sac de provisions et disparut dans la cuisine. J'avais à peine fini d'accrocher l'imperméable mouillé au bec de la douche quand elle entra dans la salle de bains.

— J'ai mis le poulet au four. Tu as faim ?

Sans me laisser le temps de répondre, elle poursuivit :

— J'ai une faim de loup !... Tu veux me passer la grande serviette bleue ?

Je lui tendis la serviette ; elle s'essuya le visage et commença de s'assécher les cheveux. Je lui demandai si elle voulait que je l'aide.

— Merci, dit-elle. Ça va bien.

— Tu as l'air heureuse.

— Oui.

— Tu es contente de travailler ?

Elle fit entendre un grognement étouffé. Sa tête avait disparu sous la serviette.

— Essuie-moi, dit-elle subitement. J'ai changé d'idée.

Elle était assise sur le bord de la baignoire. Je me plaçai en face d'elle, entre ses jambes et je commençai à lui frotter les cheveux avec la serviette. Elle se plaignait sourdement. Je lui demandai si je lui faisais mal.

— Mais non, tu me fais du bien.

Elle écarta les pans de ma robe de chambre, glissa ses mains derrière mes genoux, me caressa les jambes et remonta.

— Tu dois être fatiguée, dis-je.

— Je me sens bien, merci, dit-elle.

— Tu as travaillé toute la journée...

— J'ai une faim de loup, dit-elle encore.

— Et tu es toute mouillée.

— Il pleuvait à boire debout.

— Il faut que tu te changes, tu vas prendre un rhume.

— Tu es gentil, dit-elle.

— Tu as la voix tout enrhumée, dis-je.

Elle me prit des mains la serviette, la déposa sur le bord de la baignoire. Elle se leva et dit, en se retournant :

— Tu veux bien m'aider ?

— Hein ?

— La fermeture éclair, s'il te plaît...

Je descendis sa fermeture éclair jusqu'au creux des reins.

— Aide-moi encore, pria-t-elle.

Je l'aidai à dégager ses épaules de la robe de lainage, qu'elle laissa glisser et choir sur le plancher ; elle fit un pas de côté. Je me penchai et ramassai la robe.

— Maintenant, détache ça, exigea-t-elle en montrant du bout des doigts les agrafes de son soutien-gorge.

— Je vais jeter un coup d'œil au poulet, dis-je stupidement.

— Je t'en prie, insista-t-elle.

Je fis ce qu'elle demandait. Elle se défit de son soutien-gorge en se courbant et du même mouvement fit glisser de ses hanches le reste de ses vêtements ; elle dégagea ses pieds, se tourna vers moi. Son regard était trouble comme l'eau dormante d'un marais et, l'espace d'un instant, je crus voir au fond de ses yeux de longs doigts poilus qui remuaient comme des insectes. Je la regardais, fasciné ; il me semblait que je glissais le long des parois humides d'un puits dont le fond m'attirait irrésistiblement.

Tout à coup elle mit les bras en croix :

— Notre-Mère-la-Sainte-Église ! déclama-t-elle avec grandiloquence.

Je pouffai de rire, elle me sauta au cou et je la serrai affectueusement dans mes bras. Le malaise s'était dissipé. Je me sentais bien, je la soulevai, la fis tournoyer; elle riait comme une folle. La tête sur mon épaule, elle dit :

— Tu avais peur?

— Je ne sais pas, dis-je.

— Tu n'as jamais vu une femme nue? Tu es étrange.

Elle se remit à rire, puis annonça :

— Église va prendre un bain.

— Je vais voir au souper, dis-je.

— Tu es vraiment gentil, dit-elle.

Elle se mit à genoux dans la baignoire et commença de faire couler l'eau. Je lui donnai un savon et une éponge, et je me dirigeai vers la cuisine. J'avais dans la tête la vieille berceuse que chantait le noir Paul Robeson : *Sometimes I Feel Like a Motherless Child.*

Élise remplit d'abord le moulin de bois avec les grains de Java et de Moka, tourna la manivelle jusqu'à ce que les petites coques fussent réduites en fine poudre; elle ajouta une pincée de sel et fit glisser la poudre dans les filtres disposés sur les tasses; elle versa lentement l'eau bouillante sur les couvercles en passoire : la bonne odeur de café frais moulu se répandit partout.

Elle ajouta à mon café quatre cubes de sucre et un nuage de crème. Elle buvait le sien très noir. Elle alluma une cigarette.

— Tu n'avais pas faim? demanda-t-elle.

— Pas tellement.

— Qu'est-ce que tu as fait aujourd'hui?

— J'ai lu Bachelard et Henri Bosco.

28

— Hein ? Les deux ensemble ?

— Bien sûr, dis-je.

— Alors, ton roman n'est pas commencé...

J'essayai de lui expliquer :

— Il est commencé maintenant ; je le sens bouger en moi.

— Tiens, dit-elle, c'est un peu comme une femme qui...

Elle hésitait. Elle tenait sa cigarette entre deux doigts, sa tasse de café au creux de ses mains recourbées et me regardait avec une tendresse un peu trouble, une sorte de complicité désagréable. Des pommettes en saillie brisaient l'ovale de son visage. Elle s'occupait des choses, et moi des rêves ; il lui arrivait de me ramener sur terre assez brusquement. Entre nous deux, parfois, la passerelle se rompait : un homme abandonné sur le quai, une valise vide à ses pieds et une cage d'oiseau à la main.

— J'ai pas mis de cognac, dit-elle, à cause de ton cœur.

— Hein ?

— Qu'est-ce que tu as ?

— J'ai rien du tout.

— Ça t'arrive souvent, dit-elle. Tout à coup tu as l'air absent.

— C'est peut-être à cause de l'histoire qui est commencée, dis-je.

— Raconte-moi. Explique un peu. Tu ne parles presque plus.

— C'est compliqué, mais il y a une phrase d'André Breton qui m'aide à comprendre ; il dit : « Partir pour le pôle intérieur de soi-même ».

Elle avait l'air de réfléchir. J'avais envie d'être dans sa peau pour savoir comment elle voyait les choses. Sur la table brûlait une chandelle fichée sur une vieille bouteille de cognac à l'orange dont le ventre gonflé était couvert d'une stalactite de cire multicolore. Élise tira une longue bouffée de sa cigarette, puis, d'une voix soudainement adoucie :

— Tu es malheureux?

Je me sentis entouré de sa présence, comme enveloppé dans une chaude couverture de laine, et je lui répondis que je me sentais bien.

— Merci, dis-je.

— Tu veux que je cesse de travailler? demanda-t-elle.

— Mais non.

— Tu es sûr?

— Tu as besoin de travailler. Tu m'en voudrais, à la longue.

— Pas du tout! Je peux cesser si tu veux.

— Non, dis-je fermement.

Elle réfléchit encore, écrasa son mégot dans la soucoupe et elle dit, d'une voix mal assurée :

— Je comprends très bien. C'est entendu, je te laisse faire le voyage tout seul. D'accord. Mais moi, je t'attends à la sortie. Tu viendras?

— C'est un rendez-vous?

— Exactement, dit-elle.

— Alors je viendrai.

— Tu le jures?

— Je le jure, dis-je. Mais tu es sûre que tu vas m'attendre?

— Je le jure aussi, dit-elle.

On nageait tous les deux en plein romantisme, c'était ridicule et merveilleux comme au tout début. Le soir nous entourait, l'oiseau blessé s'était laissé endormir et la vieille chandelle répandait du miel.

Je suis assis les coudes sur les genoux et la tête entre les mains, devant la section des livres pour enfants. La porte de la librairie bat sourdement et, après un moment, j'ouvre les yeux : deux pieds nus se tiennent près de moi, bruns, immobiles, serrés l'un contre l'autre. Je lève la tête, non par curiosité mais un peu distraitement.

*

Élise venait de partir pour la clinique.

Elle avait préparé un petit déjeuner fort copieux : jus d'oranges fraîches, œufs au bacon, rôties, confiture et café. Elle avait mis mon vieil imperméable, m'avait embrassé et, dissimulant mal sa satisfaction, s'en était allée pour la journée.

Je descendis prudemment les cinq étages, me retenant d'une main à la rampe et profitant de chaque palier pour souffler. Au pied de l'escalier, la concierge me bloqua le passage. À ma sortie de l'Hôtel-Dieu, elle avait monté la garde et, sentinelle intraitable, avait jeté littéralement à la rue curieux et journalistes en leur racontant les plus invraisemblables mensonges.

— Vous avez besoin de quelque chose ? s'enquit-elle sur un ton extrêmement soupçonneux.

— Non, merci madame.

Elle se tenait immobile, la tête couronnée de bigoudis, les pieds passés dans des savates bleu pâle, les bras croisés sur un peignoir rose aux fleurs fanées, généreusement échancré au nord sur une poitrine qui se dérobait au sud. Elle s'inquiéta :

— Vous n'allez pas sortir ?

— Une petite promenade, dis-je avec une sorte d'humilité.

— Une promenade?

— Oui, dis-je un peu plus fermement.

— Tout seul? s'affola-t-elle.

— Tout seul.

— Et madame est d'accord?

Je répondis affirmativement, pour avoir la paix. Elle s'écarta de fort mauvaise grâce, mais lança aussitôt une contre-attaque.

— Attendez, dit-elle, je vais demander à mon mari de faire un bout de chemin avec vous... Georges!

— Pas nécessaire, dis-je en élevant la voix. Je me sens très bien, je vous assure. Merci beaucoup de votre... sollicitude. Élise m'a raconté tout ce que vous avez fait pour moi et...

— C'était de bon cœur, coupa-t-elle assez rudement.

Elle ouvrit en maugréant les deux lourdes portes qui donnaient sur la rue. Je passai devant elle et, pour la rassurer un peu:

— C'est l'été des Indiens, dis-je.

Elle descendit en silence quelques marches derrière moi et, rendu au consulat des États-Unis, je sentais encore dans mon dos peser son regard lourd de désapprobation.

Je traversai en diagonale le petit parc pompeusement nommé *Jardin des Gouverneurs,* très guindé avec ses allées symétriques, ses arbres numérotés sur plastique rouge et son monument grotesque; je fis un détour pour frôler de la main un vieil arbre de ma connaissance, tout tordu et rabougri.

Au coin des rues Mont-Carmel et Haldimand, je me mis à hésiter. Un léger brouillard se levait, le vent était doux et tiède et des lambeaux de souvenirs remuaient vaguement en moi. Je fis quelques pas rue Mont-Carmel et m'arrêtai un instant en face du numéro vingt. Derrière cette porte barricadée, ces fenêtres masquées de traverses en bois, dormaient en paix les plus belles années de ma vie d'étudiant, partagées entre Marc, l'ami fidèle et Marie, la petite Marie comme nous disions, nous qui avions recréé, au dernier étage dont nous étions les maîtres absolus, l'atmosphère d'une vie familiale ou tout était mis en commun et où nous étions indiciblement heureux.

L'espace de quelques instants, tout le Vieux-Québec m'apparut comme un livre d'images anciennes et je me laissai glisser lentement dans la rue Haldimand parmi les vieilles maisons et les souvenirs qui se levaient dans ma mémoire. Je saluai au passage l'Hôtel du Gouverneur et ma carrière de garçon de table qui n'avait duré qu'une seule journée d'été; plus bas, la porte qui s'était souvent ouverte sur la très belle Michèle et son étrange petit chien aux yeux perdus sous des poils en broussaille; au numéro neuf, le *Petit Château* où mon compagnon d'université avait logé sous les combles et partagé avec moi ses repas de patates, cretons et beignes au miel que nous savourions dehors sur un toit voisin du Château Frontenac; au pied de la côte, le Café des Jardins, autrefois nommé George's Grill, avec la vieille Irlandaise qui nous avait servi si souvent une saucisse de porc ou un steak haché suivi de l'immanquable pouding au riz.

Passé la rue Saint-Louis, je retrouvai le Café de la Paix devant lequel il m'était maintes fois arrivé de croiser Marie-Claire Blais qui passait fortuitement par là, avec la longue natte qu'elle portait sur le côté, et qui saluait toujours à voix basse avec un sourire à la fois timide et chaleureux; plus loin, la vieille et minuscule boutique du Bouquiniste où, les après-midi de pluie, j'étais venu fureter et louer des livres.

Je traversai la rue Sainte-Anne qui répandait toujours une persistante odeur de crottin et j'obliquai à droite au coin de la rue Buade; je fis quelques pas, la tabagie Giguère, la librairie Garneau... je ralentis... je me tournai vers elle : la rue de la Fabrique.

Ce que je ressentais ne venait pas de la fatigue, qui s'insinue dans les membres et pèse de tout son poids vers la terre. Cela ne venait pas non plus des souvenirs, un peu tièdes comme la vie et dont les couleurs, comme les vieilles maisons délavées par le temps, se recouvraient et s'harmonisaient. J'aurais pu encore descendre la rue des Remparts vers ce vieil appartement plein de souris mais donnant une vue magnifique sur le Bassin Louise, franchir l'arche de la petite rue de l'Université, baignée d'un demi-jour bienfaisant, ou bien monter jusqu'à Saint-Denis où la lumière, reflétée par la verdure de la Citadelle, était plus claire qu'ailleurs.

J'aurais pu aller n'importe où, mais je demeurais là, devant cette rue de la Fabrique où mes souvenirs m'avaient amené. Quelques images virevoltaient encore autour de moi, et plus loin, beaucoup plus loin, du fond de la mémoire collective et inconsciente montaient d'autres images, anciennes et jaunies comme de vieilles gravures, qui faisaient surgir du passé un fort indien, une route de gravier, une école de missionnaires et un grand marché public.

Lentement je me laissai entraîner par la pente de la rue et je me rendis compte graduellement que l'air s'était encore adouci, qu'il y avait une sorte de tendresse dans la lumière et qu'un mouvement inverse s'était amorcé qui déroulait devant mes yeux une succession ininterrompue et bigarrée de vêtements multicolores, de dentelles fines, de porcelaines de Chine, de bijoux précieux, de sculptures esquimaudes, de parfums délicats, d'aquarelles, de lainages, de bibelots de toutes sortes, tandis que le nom des boutiques résonnait obstinément dans ma tête : Mannequin, Irène Auger, Birks, Symonds, Kerhulu, l'Artisan, Chérie.

Devant la dernière boutique, je m'assis dans un petit escalier et je mis ma tête dans mes mains. J'éprouvais un trouble mystérieux, je me sentais soulagé, vidé de toutes les images de cette rue comme si chacune d'elles, souvenir revenu en surface, était vraiment sortie de moi-même. Très lentement la vérité se fit en moi, fragile et vacillante d'abord, puis tout à coup éblouissante : mes souvenirs m'avaient guidé parmi les rues, comme le sang dans les artères, jusqu'à cette rue de la Fabrique qui était le cœur du Vieux-Québec, et ce cœur était lui aussi un cœur féminin.

Alors je me relevai et tandis que je revenais sur mes pas pour boire quelque chose de chaud, la dernière boutique, toute peinte en rose, au bas de la rue, avec ses robes de petites filles, ses dentelles et ses bijoux, continuait de me répéter son nom comme un chuchotement : «Chérie, Chérie, Chérie...».

*

Levant la tête un peu distraitement, j'aperçois des jeans d'un bleu délavé qui tourne au gris, plissés aux genoux, un chandail bleu pâle, trop grand, les manches retroussées au-dessus du coude, des épaules un peu frêles et un visage jeune et sérieux, encadré d'une chevelure noire et bouclée dans le cou. Soudain ça me donne un coup en dedans : garçon ou fille ? — Je n'arrive pas à décider. D'habitude on hésite une fraction de seconde et tout de suite on est fixé, mais là... Je ressens une sorte de malaise, c'est comme une porte ouverte sur l'inconnu : du mystère... de la douceur... le sentiment d'une chose défendue.

*

Pour le plaisir silencieux de prendre possession des choses, je fis le tour de l'appartement sans toucher à rien. Je jetai un coup d'œil au fleuve par la fenêtre : la nuit était claire et bleutée et les bateaux traçaient de larges sillons parmi les glaces. Puis je revins à la petite table ronde, recouverte d'une nappe de velours vert, pour me relire encore une fois.

Jimmy, en costume de cowboy, enlevait le bâillon de sa prisonnière et se plantait devant elle.

— Écoute, disait-il. Tu es prisonnière parce que je veux te violer. Ça me soulage de l'avoir dit. Je ne le dirai plus jamais. J'aurai l'air de penser à n'importe quoi, mais je vais penser à ça tout le temps. Tu comprends ?

— Oui, mais pourquoi ?

— Pour avoir la paix.

— Et... ça veut dire quoi, violer ?

Jimmy demeurait interdit quelques secondes, puis il entrait dans une rage folle. Tu te démènes comme un beau zouave, tu réussis à capturer une fille aussi bien que dans les westerns, tu veux la violer : elle ne sait même pas ce que ça veut dire ! Crotte de chat ! Il invectivait sa prisonnière, la secouait par les épaules, lançait des coups de pieds aux meubles, projetait au sol les objets qui lui tombait sous la main. Finalement il s'asseyait par terre, au milieu du désordre, brusquement vidé de toute colère.

C'est là que l'histoire m'échappait.

J'avais souhaité que cette histoire surgisse, brutale et primitive, et qu'à la fin seulement s'installe une sorte de tendresse comme lorsque le soir vient recouvrir les traces d'une journée de tempête. Dès le début, Jimmy avait été projeté dans le courant rapide d'une aventure aux tourbillons imprévus, aux rebondissements subits, d'où il était sorti victorieux, emportant avec lui sa victime ficelée et bâillonnée, trébuchant dans des sentiers mal éclairés par la lune, dégringolant dans le fossé, poursuivant sa route à bout de souffle et de forces jusqu'à cette petite maison d'enfants au fond du jardin.

L'histoire était à peine amorcée que déjà les mots s'adoucissaient sous ma plume, se diluaient : Jimmy était envahi par une grande vague de douceur venue je ne sais d'où ; mon histoire m'échappait, je n'y pouvais rien. J'avais d'abord raturé sans merci, remplacé des mots, déchiré des pages, recommencé là où je croyais avoir perdu ma maîtrise, mais les mêmes sentiments, un peu déguisés, revenaient, les mêmes phrases, à peine travesties, renaissaient. J'avais fini par m'en remettre à cet étranger, installé au creux de moi-même, qui voyait tout d'une autre manière, et la seule responsabilité que je m'attribuais encore, c'était d'être là, présent, prêt à transcrire les volontés parvenues jusqu'à moi. Et lorsque rien n'émergeait à ma conscience, je n'écrivais rien, j'attendais, m'efforçant de rester attentif aux signes.

J'avais appris qu'une histoire se repliait parfois sur elle-même, comme un chat qui se couche et s'endort, et qu'il fallait attendre ; brusquement surgissaient, dans les espaces intérieurs, des éclaircies, des échappées de lumière, de la même manière que dans une forêt obscure le promeneur solitaire débouche sur une clairière ensoleillée. Alors j'apercevais quelques images fugitives, les fragments d'un décor : une grappe de maisons serrées autour d'une église semblable à un bateau, une plage rocheuse déchirée par une longue pêche d'anguilles couverte d'algues et de mousse, un essaim de religieuses en blanc sur un rocher, comme un banc de goélands. C'était assez pour que je me laisse aller à d'autres images, gratuites et excessives ; Jimmy dérobait des anguilles pour nourrir sa prisonnière, ou bien devenait l'ami d'une religieuse très pure, qui le comprenait et cherchait à lui expliquer, dans un curieux mélange de tendresse et de détachement, quels sentiments la jeune fille devait éprouver, quels gestes il fallait faire, quels mots choisir. Je rêvais. Je n'apercevais toujours pas l'ensemble du paysage et j'attendais que l'histoire elle-même veuille bien reprendre son cours.

Sur le mur en face de ma table, j'avais installé une grande photo d'Hemingway, du temps où il avait une cinquantaine d'années. Le contraste était émouvant entre les cheveux noirs, à peine grisonnants aux tempes, et la barbe presque toute blanche. Mais ce qui étonnait, c'était les yeux : l'œil gauche, petit et plissé, regardait fixement au loin ; celui de droite, un peu agrandi, était vague et nostalgique. Et sous la photo j'avais affiché cette note, écrite de ma main :

Tu regardes au loin
Et en toi-même
Trouve tout de même

Le moyen
Mon vieux Hemingway
De veiller sur le doyen
Des transplantés

C'était cocasse, ça me faisait sourire chaque fois que je levais la tête et que j'apercevais la petite note accrochée de travers. Je n'étais ni heureux ni malheureux, puisque j'écrivais. Et même, je ne me sentais pas véritablement écrivain, puisque j'étais en vie.

Dehors, sur le fleuve, les glaces étaient immobiles car la marée hésitait entre le montant et le baissant. Je déposai ma plume et j'éteignis la lampe.

Je poussai doucement la porte de la chambre : Élise dormait déjà, ensevelie sous les couvertures, et j'entendais monter sa respiration agitée.

J'enlevai tous mes vêtements, les pliai soigneusement sur la chaise près de la commode, puis je soulevai avec précaution les couvertures et me glissai aux côtés d'Élise. Elle se retourna sur le ventre et j'entendis un murmure étouffé par l'oreiller ; je crus comprendre :

— Bill...

Je réprimai un fou rire nerveux. Je ne m'appelle pas Bill du tout. Elle devait rêver. Je m'appelle Noël, évidemment. Un long gargouillis sonore monta de mon ventre : le café que je venais de terminer. En réponse à mon borborygme, Élise murmura encore quelque chose d'indistinct. Je n'avais pas tellement envie de dormir tout de suite, j'écartai un peu les jambes et je me laissai envahir par la tiédeur du lit. Mains croisées sous la nuque, je sentais battre mes artères, deux petits coups rapprochés, un coup plus lent. Soudain une lumière crue : des personnages masqués, les mains tachées de sang, penchés sur une masse sanguinolente qui tressaute. Je repoussai l'image trop brutale et fermai les yeux; puis, allongé là dans le noir aux côtés de cette femme qui dormait, j'eus du plaisir à songer que la ville avait un cœur féminin comme le mien, que personne d'autre ne le savait et qu'en quelque sorte mon cœur était à l'abri derrière les murs du Vieux-Québec.

Tout à coup une idée insidieuse : mon corps acceptait le cœur de jeune fille... il en avait besoin avant même l'opération... une vieille histoire qui remontait à mon enfance et tout... J'essayai de réfléchir, je cherchai des vieux souvenirs, mais ma mémoire se bloquait; les images se brouillaient, je ne me rappelais rien : un vieux mur et les lézards s'enfuyaient parmi les pierres.

Je ne sais pourquoi, je me mis à penser à Henry Miller, à sa prodigieuse honnêteté et à cette phrase : «Le névrosé, s'il va jusqu'au bout de sa névrose, jusqu'à son amère extrémité, voit s'ouvrir devant lui une route merveilleuse». C'était la route qu'il avait tenté de suivre; à sa manière il était parti pour le pôle intérieur. Je me demandais si on pouvait être tout aussi honnête en écrivant des histoires au lieu de s'en tenir à la stricte autobiographie. Je ne savais plus. Et puis j'aimais trop les histoires, ça devait venir de l'enfance encore; une histoire c'est comme une maison. C'est étrange, vous vous laissez aller : tout de suite vous dérivez vers l'enfance ou vers une maison. Le mur revint devant mes yeux, avec les lézards; un caméléon disparut comme s'il s'était évaporé... Élise s'éveilla en sursaut.

— Hein? fit-elle.
— Chut!
— Qu'est-ce qu'il y a?

— Rien.

— C'est toi?

Je ne trouvai rien à répondre; quelqu'un qui s'éveillait, ça me faisait toujours rire. Elle s'assit dans le lit.

— Il est quelle heure?

— Sais pas. Peut-être deux heures.

Elle tira un kleenex de sous l'oreiller et se moucha.

— Tu m'as fait peur, dit-elle en se couchant.

— Excuse-moi. Tu rêvais?

— Oui.

— À quoi?

Elle ne répondit pas et remonta les couvertures jusqu'à son menton. Sa hanche frôla ma main.

— Tu es froid, dit-elle.

— Excuse-moi.

— Tu es encore sorti?

— Mais non, je travaillais dans le salon.

— Tu travailles trop, dit-elle en bâillant.

— Tu es mère poule, dis-je.

Elle se redressa:

— Qu'est-ce que tu dis?

— Tu es mère poule...

— Il y a longtemps que je n'avais pas entendu ça.

— On dirait que ça te fait plaisir, dis-je.

— C'est vrai. Je suis mère poule, j'ai besoin de protéger quelqu'un. J'ai toujours été comme ça. Mais...

— Mais quoi?

— Rien. Donne-moi une cigarette, tu veux?

Tout en parlant, nous avions bougé dans le lit; nous étions assis face à face, genoux sous le menton, enveloppés, nus dans les couvertures que nous retenions autour des épaules. Il commençait à faire une

41

bonne chaleur et c'était à la fois doux et ridicule d'être assis là dans la pénombre et d'être si près et si loin. Retenant les couvertures, j'étendis la main vers la table de chevet, je pris une Gitane, je l'allumai et la lui tendis.

— Merci, dit-elle.

Je posai un cendrier tout à côté d'elle sur le lit.

— Ton cendrier en émail, dis-je pour la prévenir; il se renversait facilement.

— Merci, tu es gentil.

Elle tira une bouffée et une lueur éclaira le bas de son visage. Puis elle dit :

— Tu veux parler à ta vieille mère poule?

— Bien sûr que je veux.

— Quelque chose qui te tracasse?

— Non, rien.

Chaque fois, l'envie de parler sérieusement me quittait comme ça, sans raison.

— Tu parles de moins en moins, dit Élise.

Je pris une bouffée à sa cigarette, et je demandai :

— Tu ne veux pas me dire à quoi tu rêvais?

— J'ai oublié, dit-elle. Tu sais, les rêves... Alors tu écrivais?

— Oui et non.

— Comment ça?

— J'ai pas écrit, mais il y a eu des éclaircies.

— ...

— Tu ne demandes pas ce que je veux dire?

— Qu'est-ce que tu veux dire? dit-elle.

— Tu marches dans une forêt, tu ne vois rien, tu es comme aveugle. Tout à coup tu débouches sur une clairière...

— Et alors?

— Alors tu aperçois des images, mais...

— ...

— Je ne vois pas tout le paysage, dis-je. Je n'arrive pas à voir l'ensemble.

— Ça compte beaucoup pour toi?

— Peut-être que le paysage me fait peur. Je ne sais pas pourquoi. Je sens que c'est très important.

— Ce que je sens, moi, c'est que tu t'éloignes de plus en plus. Je te sens très loin maintenant.

— Sois patiente encore un peu, dis-je. On n'invente que des choses anciennes et c'est difficile de se connaître. Est-ce que tu me connais, toi? Tu connais ma peau, la surface de ma peau... Et mon âme, tu la connais mon âme?

Elle me regardait sans répondre et je devinais, dans la demi-obscurité, quelque chose au fond de ses yeux qui ressemblait à un reproche. Au bout d'un long moment, elle dit, à voix basse:

— Tu parles trop fort. Le voisin va nous entendre.

Elle secoua sa cigarette au-dessus du cendrier.

— Écoute, dit-elle, ça fait combien de temps qu'on a fait l'amour, tu le sais?

— Deux semaines?

— Un mois ce soir!

— Ça fait un mois que j'écris, dis-je. Parfois c'est difficile de faire les deux en même temps. C'est une histoire compliquée; Hemingway en parle un peu, Montherlant aussi...

J'essayai de lui expliquer, mais je m'embrouillais et je partais à la dérive.

— Tu te compliques la vie, tu te casses la tête, dit-elle. Dis-moi des choses simples.

— Je me sens vieux.

— Vieux?

— Parfois cinquante, parfois vingt, dis-je.

— Et ensuite ?

— J'ai besoin de chaleur humaine.

— Tout le monde en a besoin, mais toi tu la cherches à l'intérieur. C'est comme si tu te dévorais toi-même.

Alors les derniers vers de Saint-Denys Garneau me revinrent en mémoire ; ils parlaient de l'oiseau dans sa poitrine et j'entendis, plus distinctement que si Élise me les récitait elle-même :

Il ne pourra s'en aller
Qu'après avoir tout mangé
Mon cœur
La source du sang
Avec la vie dedans

Je m'aperçus qu'Élise, penchée vers moi, tapait de l'index sur le côté gauche de ma poitrine.

— Mais ça, disait-elle, c'est jeune maintenant, non ?

Le fou rire me reprit, d'abord silencieux comme une série d'ondes qui venaient mourir dans ma gorge, puis s'enfla, devint irrésistible. Je me laissai tomber sur le dos. Alors un rire nerveux, hystérique, incontrôlable éclata par vagues successives qui retombaient, reprenaient l'escalade, me secouaient des pieds à la tête. Je riais, je pleurais, j'étouffais.

Soudain, je reçus une gifle retentissante en pleine face.

*

Les pieds nus, à cet instant, se tournent légèrement vers moi. Je regarde plus haut et je découvre,

44

entre les mains croisées sur la poitrine, un gros livre bleu et blanc; sur un fond de ciel bleu se détache un oiseau blanc en plein vol, les ailes largement déployées, le bec et les pattes rouges et un capuchon noir sur le sommet de la tête. Je pense à ce que la vieille Marie disait des oiseaux. Mais le livre se déplace, s'installe sous une aisselle et mon regard, privé de son point d'appui, redescend jusqu'aux pieds. Ceux-ci manifestent des signes de nervosité, puis se mettent en marche.

Je me lève pour suivre les pieds nus de cette personne qui n'a pas de sexe pour le moment, mais ce n'est pas tellement à ça que je pense; je pense plutôt à la vieille Marie. La vieille Marie a l'habitude d'écrire des espèces de poèmes sur les nappes blanches du café Buade. Elle est serveuse. Un jour, elle a écrit un poème qui commençait ainsi : «Ça n'a pas de sexe...». Alors je pense plutôt à la vieille Marie, mais ça revient au même.

*

Je frappai au bureau du docteur Grondin : trois brefs, trois longs, trois brefs, notre signal en morse. Je l'entendis répondre et je poussai la porte.

Il était renversé dans son fauteuil de cuir, les mains croisées par-dessus le capuchon de couleur verte qui lui emmaillotait le crâne, les pieds carrément posés sur son bureau parmi les paperasses, les livres et les revues. En équilibre sur un coin de tiroir, une tasse de café fumait.

— Je vous dérange?

— Pas le moins du monde, dit-il en m'indiquant un fauteuil d'un mouvement du menton. Je viens de quitter une opération, j'ai la paix pour une heure si mes calculs sont exacts et s'il n'y a pas de complications.

— Transplantation? dis-je en m'asseyant au fond du fauteuil.

— Non. Simple remplacement de valvule.

— Un travail de routine.

La remarque lui arracha un faible sourire et un éclair brilla dans ses yeux, comme s'il revoyait le travail accompli. Il allongea le bras et prit une gorgée de café.

— Quelque chose qui ne va pas? demanda-t-il.

Je fis signe que oui.

— Voulez-vous passer un examen?

Je fis signe que non.

— Ce n'est pas physiologique?

J'approuvai de la tête. Muet, tout nu, assis au sommet d'une montagne, les hommes de science du monde entier venaient m'examiner en silence.

— Vous voulez une entrevue avec le psychiatre?

— Non!

— Excusez-moi, dit-il, je voulais simplement vous entendre parler.

Il sourit, vida d'un trait sa tasse de café et ajouta :

— C'est pourtant lui qui peut vous comprendre, non?

— Je n'aime pas le plaisir qu'il prend à poser ses questions. Et puis, comment vous dire...

— Dites-le comme ça vient!

— C'est comme si je sentais...

Je m'arrêtai une seconde; il avait mis une main sous son menton et il était parfaitement immobile, patient et attentif.

Je lâchai la phrase d'un coup :

— Vous êtes responsable de moi.

Je me sentis à la fois soulagé et mal à l'aise. Il restait là sans bouger, son visage ne trahissant aucune espèce d'émotion. Finalement, il enleva ses pieds du bureau, avança son fauteuil, sortit d'un tiroir une boîte d'allumettes et un cigare; il s'alluma et puis, de cette voix curieusement bourrue et chaleureuse que j'aimais bien :

— J'ai l'habitude d'accepter mes responsabilités, dit-il.

Il était environné de volutes de fumée bleue. Une odeur parfumée se répandait dans la pièce et je commençais à me sentir bien. Il me ramena brusquement sur terre :

— Vous voulez que je vous aide et nous ne voyons pas le cœur de la même façon !

— Je sais, vous dites que c'est un muscle, une pompe.

— Je le vois tous les jours sur la table d'opération, dit-il avec un léger haussement d'épaules.

— Et le mien ?

— Le vôtre ?

Il se mit à rire tout bas, et même ce rire silencieux communiquait une sorte de chaleur. Il ajouta, mi-sérieux :

— Écoutez, ce cœur que je vous ai cousu dans la poitrine, il avait pourtant l'air normal : aucun signe particulier, compatibilité parfaite des tissus...

— Et la compatibilité des émotions ?

— Hein ?

— Vous ne serez pas d'accord, mais... Si le cœur de cette jeune fille était vraiment compatible avec le mien, ses émotions devaient l'être aussi, non ?

Le docteur Grondin se croisa les bras et dit très calmement :

— Je suis curieux de savoir ce qui vous permet de croire une chose aussi extraordinaire.

— Les mots!

Il attendait simplement que je poursuive. Alors je commençai à lui expliquer comment les mots donnaient la vie aux choses, comment les choses, ensuite, cherchaient la parole, mais je m'embrouillais. Je partis une fois de plus à la dérive, essayant de me raccrocher maladroitement à toute une série de phrases comme: «On ne voit bien qu'avec le cœur», et puis je citai un grand nombre d'images populaires qui exprimaient une sagesse accumulée depuis le début du monde, mais je perdis pied; finalement je voulus montrer que les poètes, plus près des choses, percevaient des réalités inconnues au commun des mortels et je récitai Saint-Denys Garneau. Je m'arrêtai, essoufflé, le cœur battant.

Le docteur Grondin, qui était resté maître de ses réactions tout au long de mon pénible exposé, semblait plongé dans d'interminables réflexions.

— Prendriez-vous une tasse de café? demanda-t-il subitement.

— Non, merci, dis-je, pris par surprise.

— Vous avez bien mérité ça, dit-il avec un sourire un peu ironique.

Alors je changeai d'idée et il demanda le café par l'interphone, en prenant le temps de taquiner la secrétaire. Je fermai les yeux. Je sentais en moi comme un ressort qui se détendait, se détendait, n'en finissait plus...

— Relevez votre manche! ordonna la voix du chirurgien.

J'ouvris les yeux: le docteur Grondin, tout près, tenait à la main un manomètre médical. Il répéta l'ordre, d'une voix adoucie mais encore impérative. J'obéis sans dire un mot. Son visage était impassible. Il enroula l'appareil au-dessus de mon coude, me demanda de serrer le poing, pressa la poire pour insuffler l'air, surveilla attentivement le mouvement de l'aiguille. Il recommença, puis détacha l'appareil. À ce moment, on frappa deux coups à la porte; la secrétaire entra, déposa les deux tasses sur un coin du bureau et revint sur ses pas sans faire de bruit.

Le chirurgien passa derrière moi. Tout à coup le dossier de mon fauteuil bascula à moitié, le coussin se souleva et une espèce de tabouret vint se glisser sous mes pieds allongés.

— Vous êtes bien? demanda-t-il.

— Oui, mais...

— Laissez-vous faire.

— Qu'est-ce qui s'est passé?

— Rien de grave. Reposez-vous. Détendez-vous complètement.

D'un tiroir il sortit une petite bouteille, s'assit sur un coin du bureau et lança:

— Vous n'avez rien contre le Rémy Martin?

— Non.

Il déboucha la bouteille de cognac et versa quelques gouttes dans chaque tasse; je sentis la bonne odeur se répandre. Il déposa ma tasse sur un petit cabaret roulant qu'il poussa jusqu'à portée de ma main.

— Allez-y lentement, dit-il, c'est un peu chaud.

Il retourna s'asseoir en face de moi sur le coin du bureau et me regarda pensivement, tandis que le café, que j'absorbais à petites gorgées, propageait sa chaleur à toutes les parties de mon corps. Je pensais à mon père qui me versait un doigt d'alcool et m'enveloppait dans une vieille couverture de laine quand je sortais grelottant des eaux froides du lac où nous allions nous baigner. J'eus envie de dire au docteur Grondin qu'il me rappelait mon père, puisqu'il m'avait donné, avec ce nouveau cœur, une nouvelle vie; il se serait moqué de moi et aurait dit, à sa manière un peu bourrue, que je poussais un peu loin l'attribution de ses responsabilités. L'idée me fit sourire malgré moi.

Le chirurgien sourit aussi en me regardant. Il buvait son café à petits coups comme s'il voulait partager ma lente récupération.

Finalement il constata:

— Ça va mieux, on dirait!

— Oui, j'ai même un peu chaud.

— Le cognac, dit-il simplement.

— Qu'est-ce qui s'est passé?

— Rien de grave, vous vous êtes un peu énervé.

— Pourtant c'est pas la première fois que je parle de...

Il leva la main pour m'interrompre et dit en cherchant ses mots:

— Vous parliez d'une chose qui vous... touchait profondément.

Et il ajouta aussitôt:

— Je n'ai pas changé d'opinion, mais je commence à penser que vous vous croyez vous-même.

Après avoir réfléchi un instant et bu ma dernière gorgée de café, je demandai si ça ne revenait pas au même.

— J'ai bien peur que oui, répondit le docteur Grondin.

Il y avait quelque chose de changé dans sa voix: l'espèce de respect qu'on éprouve en face de l'inconnu.

Je demandai encore:

— Alors, qu'est-ce qu'on fait, docteur?

Il froissa le gobelet de carton qu'il tenait encore à la main et, d'un geste adroit, le lança dans la corbeille.

— En entrant, dit-il, vous avez utilisé notre signal d'alarme?

— Oui.

— Vous vouliez parler sérieusement?

— Bien sûr...

— Alors, il faut s'y mettre. J'ai peut-être pris les choses à la légère et je m'en excuse.

— C'est plutôt moi qui vous complique la vie!

Il éteignit son cigare, se croisa les bras comme il le faisait souvent pour commencer une nouvelle discussion.

— Puis-je vous poser des questions comme autrefois?

— Bien sûr.

— Vous répondrez aussi froidement que possible et sans vous énerver.

— Excusez-moi, mais je suis allongé comme ça, vous êtes assis à côté... Il ne vous manque plus qu'un carnet, un crayon et une barbiche...

— Maintenant c'est vous qui n'êtes pas sérieux, observa-t-il doucement.

— Je suis sérieux, mais...

— C'est votre façon d'exprimer votre anxiété, dit-il en souriant.

— Vous voyez! Vous jouez déjà au psychologue!

— Essayez plutôt de vous détendre, dit-il sans relever l'allusion.

Il se mit à marcher de long en large, mains dans le dos, puis s'immobilisa près de la fenêtre et parut contempler le paysage. La fenêtre donnait sur le Bassin Louise où, près des élévateurs à grains, étaient alignés une série de bateaux prisonniers de la glace. Les yeux fermés, j'avais l'impression bizarre que le temps extérieur s'était arrêté mais qu'il allait plus vite au-dedans de moi; il me semblait que les choses se précisaient d'elles-mêmes.

Finalement je l'entendis demander :

— Vous avez peur de votre cœur de jeune fille?

— Oui.

— Peur des émotions qu'il vous apporte?

— Exactement.

— Il vous en apporte vraiment?

Je lui racontai tout : la rue de la Fabrique, le paysage qui m'échappait, mon attitude étrange avec Élise. Je le sentais, sans même ouvrir les yeux, vraiment présent et attentif comme si je le touchais du bout des doigts. Il me laissa parler sans dire un mot.

— Qu'est-ce qui vous inquiète là-dedans? dit-il à la fin.

— Cette espèce de douceur qui m'habite maintenant. Et puis...

Il attendait.

— ... le besoin de chaleur, dis-je.

Je m'arrêtai. Il se retourna.

— Rien d'anormal jusqu'ici, remarqua-t-il froidement. Surtout pour quelqu'un qui n'a pas repris toutes ses forces.

— La douceur, c'est normal aujourd'hui?

— Vous ne vous sentez pas normal?

— Je ne me sens pas Américain !

— Dans quel sens?

— Pas dans le sens de connaître Tchaïkovski par Walt Disney. Plutôt dans le sens d'avoir au cœur l'espoir fou qu'on peut tout faire de force. Je ne me sens pas citoyen de l'Amérique.

— Restez calme, dit-il.

Je repris, plus lentement :

— Il n'y a plus de place pour la douceur. Même aux femmes vous devriez greffer des cœurs d'hommes !

Il me laissait parler.

— Le pire, dis-je, c'est qu'il n'y a pas d'issue. Le premier chemin, c'est la douceur ; il ne débouche pas.

— Et l'autre ? demanda-t-il d'une voix qui paraissait inquiète.

— L'autre, c'est le rejet, vous savez bien. L'histoire de la douceur, ça ne vous paraît pas tellement sérieux, et puis vous pensez de toute façon que ça peut s'arranger avec le temps. Mais ce qui vous fait peur, c'est le rejet ; vous savez comme moi que sur cette voie rien ne pourra m'empêcher d'aller jusqu'au bout.

Le docteur Grondin paraissait vieilli. Il tourna vers moi ses yeux d'épagneul et me regarda longuement, pensivement. Finalement il dit :

— Tout est dans la volonté de vivre. Vous connaissez Hemingway. Vous devez savoir comment il aimait l'existence et comment...

— Et comment il est mort ? dis-je.

*

Les pieds nus de la personne sans sexe se dirigent du côté de la rue du Fort, et je les suis à distance respectueuse. Ils s'arrêtent longuement devant la vitrine chez Darlington, remplie de très belles écharpes de laine aux couleurs vives, puis décident de revenir en arrière ; je fais semblant de consulter le menu du restaurant *Aux Délices* et je reprends ma filature au moment où les pieds tournent le coin de la rue du Trésor. Ils s'immobilisent un instant devant les petits dessins à l'encre de Louisa Nicol, où on voit toujours des enfants et des chevaux; ensuite, comme s'il ne restait plus une seule peinture à regarder, ils se faufilent rapidement parmi les artistes et les curieux, traversent en diagonale la rue Sainte-Anne et entrent dans le petit parc de la Place d'Armes. La jeune personne s'assoit sur l'herbe, le dos contre un arbre et le livre des oiseaux ouvert sur les genoux. Le parc est plein de gens assis sur les bancs ou sur l'herbe, autour de la fontaine et le long des trottoirs où sont rangées les calèches et les victorias. Je cherche un endroit commode où m'asseoir et surveiller, quand j'aperçois tout à coup la personne qui me fait signe.

Je m'approche.

— Assis-toi, si tu veux.

— Je vous remercie bien, dis-je en m'asseyant en face, tout près de ses pieds.

— Tu me suivais?

— C'est vrai, dis-je.

— Je l'avais deviné. J'ai une grande expérience.

*

Le vent était froid et j'avais trop marché. Je m'arrêtai à la boutique du fleuriste, au pied de la côte de la Fabrique et je demandai à la vendeuse de me préparer un bouquet d'œillets blancs et rouges. Elle exposa les prix, retira les fleurs de la cage vitrée et les emporta à l'arrière-boutique.

Un homme s'avança; son air soigné, son assurance disaient qu'il était le patron. Il me salua et enchaîna :

— Froid, n'est-ce pas?

— C'est l'hiver, dis-je.

Je m'assis sur un tabouret, près d'un comptoir où il y avait des cartes de vœux et un stylo retenu au mur par une chaînette. Pour dire quelque chose, je posai une question au sujet d'une grande plante qui était près de moi; le patron m'en expliqua le nom, les propriétés, pourquoi les feuilles inférieures avaient une teinte plus foncée. Il bavardait. J'écoutais distraitement. Les plantes me faisaient penser à des bêtes. Un crocodile dans une salle de bains. Brusquement je me rendis compte qu'il venait de dire :

— Heureusement que je n'ai plus de chien !

— Pardon ?

— Me voyez-vous promener un chien dehors par une température pareille ? Je l'ai vendu au début de l'hiver.

— Je préfère les chats, dis-je.

Sans transition il se mit à me raconter qu'il avait passé son enfance à Lévis, au bord de la falaise; il élevait des pigeons dans une espèce de cabane; quand il avait besoin de vingt-cinq cents, il attrapait un pigeon et le vendait à un Chinois qui le faisait rôtir pour le manger. Il avait fini par vendre tous ses pigeons au Chinois.

La vendeuse revint avec une boîte. Elle me tendit la note, je payai et je fus content de m'en aller.

Je remontai la rue de la Fabrique, Desjardins, et la côte Haldimand. Au coin de Mont-Carmel, une bourrasque de nordet me happa brutalement; je relevai le capuchon de ma cagoule et, penché en avant, la boîte coincée sous le bras, je contournai péniblement le parc enseveli sous la neige. Pas moyen de chasser l'image répugnante du Chinois et des pigeons rôtis. Ne plus jamais manger de mets chinois.

Je gravis très lentement les escaliers, en pensant au docteur Grondin. Il m'avait conseillé de déménager, et j'avais répondu que je tenais autant à voir le fleuve qu'à ma vie, que je préférais courir le risque. Il avait dit que j'avais tort, avait insisté, parlé d'échelle de valeurs ; par un jeu de mots grossier, avec échelle et escalier, je lui avais arraché un sourire et son consentement.

Je tournai la clef dans la serrure ; la porte s'entrouvrit et se bloqua : la chaînette de sécurité. La petite maison barricadée au fond du jardin. Il était quatre heures et quelque chose et j'étais content qu'Élise fût rentrée plus tôt que d'habitude.

Elle avait sûrement entendu.

Aucun bruit à l'intérieur.

Je sonnai.

Elle ne venait pas. Elle devait être dans le bain. Je sonnai encore deux petits coups. Toute nue, elle se levait, s'épongeait vivement avec la grande serviette bleue, glissait ses pieds dans ses pantoufles, enfilait sa robe de chambre, nouait sa ceinture, s'en venait, ouvrait... Mais non, elle n'avait pas entendu. J'approchai la tête de l'embrasure de la porte et sifflai doucement, deux fois. Je tendis l'oreille : rien. Je voulais m'asseoir, me reposer, je commençais à m'impatienter. J'appuyai sur le bouton de la sonnette en comptant jusqu'à dix. Toute la maison avait dû entendre ça ! Ensuite je m'assis sur la première marche de l'escalier, ma boîte de fleurs à côté, et j'allumai une cigarette.

Bruit de chaînette. La porte s'ouvrit. Je me retournai.

— C'est toi ? dit Élise.

Elle était sur le seuil, en robe de chambre et pantoufles, exactement comme j'avais imaginé et toute mon impatience s'évanouit d'un coup.

— C'est le Père Noël, dis-je.

Elle rit et dit :

— Je te croyais quelque part dans le Vieux-Québec.

— Je *suis* quelque part dans le Vieux-Québec.

— Tu es pâle, dit-elle. Ça ne va pas ?

— Fatigué. Tu n'entendais pas la sonnette ?

— Non.

— Tu étais dans le bain ?

— Tu m'as apporté des fleurs ? Ne reste pas assis là.

— Tu prenais un bain ?

— Oui.

Je me relevai. Elle m'embrassa sur le nez, prit la boîte et passa devant moi. Je la suivis et je refermai la porte. Elle dit, à haute voix :

— Il m'apporte des fleurs et moi je le laisse moisir dehors, c'est impardonnable.

Elle posa la boîte sur une table et se retourna vers moi :

— Donne-moi ta cagoule. Tu vas te reposer. Veux-tu tes pantoufles en mouton ? Tu as vraiment l'air fatigué. Sais-tu quoi, mon chéri ? — J'ai une visite.

Il y avait un homme dans le salon. Il se leva. Il était très grand, le dos un peu voûté, les cheveux en brosse et il avait un bras dans le plâtre.

Élise dit :

— Chéri, je te présente Bill.

Le nom me disait quelque chose. Il s'avança et me tendit la main gauche.

— Mon mari Noël, dit Élise.

— Très heureux de vous connaître, dit Bill. J'ai déjà vu votre photo dans le journal.

La voix aussi me disait...

Il avait une voix curieusement voilée qui avait l'air de ne pas lui appartenir.

— Enchanté, dis-je. Vous êtes blessé?

Élise expliqua:

— Il s'est cassé le poignet. Bill est un joueur de hockey.

— Quelle ligue?

— Américaine, répondit Bill.

— Vous êtes venu à Québec pour le Carnaval?

— Je joue pour les As. Depuis novembre. J'ai été cédé à Québec par les Flyers de Philadelphie. Vous n'aimez pas le hockey?

— Bien sûr, dis-je.

— Noël n'a pas suivi le hockey à cause de son opération, dit Élise. D'habitude, c'est un vrai maniaque.

— C'est vrai, dis-je en toute sincérité.

— Il m'a apporté des fleurs, dit-elle. Je vais les mettre dans l'eau.

Le joueur de hockey sourit. Élise disparut dans la cuisine. J'invitai le visiteur à s'asseoir.

— Merci, dit-il. Faut que je m'en aille.

Il s'assit quand même et le coussin du canapé s'enfonça profondément. Il répéta:

— J'avais vu votre photo dans le journal.

— À Philadelphie?

— Oui. Tout le monde parlait de «l'homme au cœur de jeune fille».

Je pris place à l'extrémité du canapé. Le coussin était surélevé à cause du poids lourd à l'autre bout et j'avais l'impression que j'allais débouler vers le milieu. J'étais épuisé, j'avais peur que le fou rire me prenne. Alors je demandai :

— Votre fracture, c'est arrivé comment?

— Une bagarre, dit-il en tapotant le plâtre de son poignet.

— Est-ce que les As ont une meilleure équipe cette année?

Il parut réfléchir sérieusement. Puis il répondit :

— Non, mais dites-le à personne!

La tête renversée, il éclata d'un rire clair, presque cristallin. J'aurais ri aussi, mais je sentais un début d'étourdissement et des douleurs au bras gauche. Élise revint, posa le bouquet sur la petite table devant nous et s'assit dans le fauteuil.

— Très beau, dit le joueur de hockey.

— Merci bien, dit-elle.

Elle disait ça à lui ou à moi. Si elle s'était assise entre nous deux, elle aurait déboulé vers le joueur de hockey : le coussin s'inclinait de ce côté-là. La tête me tournait de plus en plus.

— J'aime les fleurs, dit Bill, mais je ne me rappelle jamais leur nom.

— C'est pas grave pour un joueur de hockey, dit Élise.

Pas d'accord. Pas du tout d'accord. Tout le monde doit connaître le nom des fleurs, des arbres et des oiseaux. Il y a un curé dans une chaire et il annonce que c'est obligatoire pour tout le monde sous peine de péché mortel et il a un perroquet multicolore sur l'épaule et l'église est pleine de fleurs et d'arbres et d'oiseaux et il y a un homme très grand au-dessus du maître-autel avec une longue robe et les cheveux très longs comme une femme et la tête couronnée d'épines et sur sa poitrine on voit très bien son cœur fendu qui laisse couler du sang...

J'ouvris les yeux.

Élise était assise sur le lit.

— Qu'est-ce que tu fais? dis-je.

— Faut que tu prennes ça.

— Hein?

Je m'assis. Elle tenait une pilule et un verre d'eau.

— Pourquoi?

— Le docteur a dit de t'éveiller à neuf heures pour prendre ça. Il est neuf heures.

— Il est venu?

— Tu nous as fait une belle peur: tu es tombé endormi dans le salon.

— Qui m'a transporté ici?

— Avale ça, dit-elle.

— Le joueur de hockey?

— Il s'appelle Bill, dit doucement Élise.

Je pris la pilule et j'avalai une gorgée d'eau.

— Qu'est-ce qu'il a dit?

— Que tu n'étais pas lourd du tout. Il t'a mis sur son épaule avec un seul bras.

— Non, je veux dire le docteur. Qu'est ce qu'il a dit?

— Il a dit que c'était pas grave. Seulement un peu de fatigue.

— Ensuite?

— Il a dit que ton cœur était parfait. Il t'a fait une piqûre et il a demandé de t'éveiller au bout de quatre heures pour la pilule. C'est tout.

— Mais je suis déshabillé!

— Bien sûr.

— Le joueur de hockey?

60

— Mais non, c'est moi. Calme-toi un peu. Tu te fatigues pour rien.

— Tu le jures ?

— Voyons, mon chéri, tu es pire qu'un enfant !

Je me recouchai et elle remonta les couvertures. Je me sentais déjà engourdi, j'avais les paupières très lourdes. Élise se pencha sur moi.

— Comment te sens-tu ?

— Comme si je m'en allais.

— C'est la pilule. Ferme les yeux.

Je fermai les yeux. Je dis, péniblement :

— Comme si tu... tu t'en allais toi aussi.

— T'inquiète pas, dit-elle, tu vas dormir.

Puis je l'entendis murmurer avec un sourire dans la voix :

— Tu vois mon chéri, j'avais raison.

— ...

— Bill, c'est la voix qu'on entendait de l'autre côté du mur.

Elle ajouta comme pour elle-même :

— Tu disais que c'était une femme...

Le sommeil pesait de plus en plus lourd sur mes paupières. J'entendis encore, de très loin, la voix d'Élise :

— Tu vois bien que c'est un homme.

Je n'entendis plus rien. Je dévalais une pente.

*

Je suis un peu surpris.

— Vous croyez qu'on a beaucoup d'expérience à votre âge ? dis-je.

Elle ne répond pas. J'essaie de lui expliquer :

— Je vous suivais à cause du livre, c'est-à-dire...
à cause de ce que la vieille Marie disait des oiseaux.
Mais vous ne connaissez pas la vieille Marie.

Elle ne dit rien.

— Vous savez quoi ? dis-je encore.

— Quoi ?

— Un peu plus, je vous demandais si vous étiez
un garçon ou une fille !

— Ça n'a pas d'importance.

— On voit tout de suite que vous êtes une fille, à
cause de vos pieds.

— Les petites veines bleues ?

— Bien sûr, dis-je. Au début, je n'avais pas
remarqué.

— On ne remarque pas toujours, dit-elle posé-
ment. Je m'appelle Charlie.

— C'est pas un nom de garçon ?

— Qu'est-ce que ça fait.

Elle ne dit pas ça comme une question, mais
nettement comme une affirmation. Je lui dis comment
je m'appelle.

— C'est très joli, dit-elle. Quand on le retourne,
ça fait Léon.

— Je préfère vraiment qu'on ne le retourne pas,
dis-je un peu vexé.

— On m'appelle aussi Baleine bleue, dit-elle
comme si elle cherchait à me consoler.

— Pourquoi ?

— À cause de ma respiration. Je respire très fort,
il paraît.

— Je ne trouve pas, dis-je en tendant l'oreille.

— C'est seulement quand je suis couchée. C'est
une vieille histoire et je ne peux pas te la raconter
maintenant.

Subitement je pense au docteur Grondin et ça me donne un coup en dedans.

— Une histoire avec un homme ? dis-je.

— Hein ? Qui t'a raconté ça ? C'est Simon ?

— Je ne connais pas Simon. Excusez-moi, mais je voudrais vous demander votre âge. C'est important.

— Simon n'aurait pas fait ça, murmure-t-elle. Pourtant, à part lui, il n'y a personne qui...

— Qui est Simon ?

— Simon, c'est Simon, dit-elle. Simon le caléchier.

— Hein ?

— Tiens, écoute...

À travers le clapotis de la fontaine, le ronronnement des autos et la rumeur confuse des gens, on entend la cadence saccadée d'un pas de cheval sur l'asphalte ; une calèche rouge s'engage dans la rue Sainte-Anne.

— Je reconnais toujours le cheval, dit-elle sans même tourner la tête. Il boite un peu.

La calèche s'éloigne rapidement et je vois disparaître l'homme qui tient les guides : un dos large et des cheveux grisonnants dans le cou.

— C'est votre père ? dis-je.

— Qu'est-ce que ça fait, dit-elle sur le même ton que tantôt.

Elle me regarde et je n'arrive pas à deviner si je me suis trompé ; dans les yeux de quelqu'un on ne peut pas lire vraiment, mais on imagine des choses.

*

Petit à petit, j'entrais dans mon histoire.

À mesure que les brumes intérieures se dissipaient, je distinguais mieux mes personnages. Jimmy avait les cheveux en broussaille et son costume de cowboy, délavé et rapiécé, était trop petit pour lui. Sa prisonnière avait des cheveux blonds qui lui tombaient sur les épaules, un visage qui avait gardé sa rondeur enfantine, les yeux verts et elle portait une jupe très courte et une chemisette blanche avec des volants de dentelle au col et aux poignets.

Très naïve, avec de grands yeux étonnés, elle était cependant curieuse et avait le goût de l'aventure. Le garçon était aussi naïf qu'elle, mais se donnait des airs. Il traînait dans une poche de sa chemise un paquet de tabac Alouette, du papier Vogue et, de temps en temps, avec une nonchalance appliquée, il se roulait une cigarette, faisait craquer une allumette avec l'ongle du pouce et répandait autour de lui des nuages de fumée. Il se prenait pour un authentique cowboy; il avait commencé cette histoire pour se donner de l'importance aux yeux de sa prisonnière, mais il avait fini par ne plus distinguer le faux du vrai : il affirmait sans vergogne que son cheval était attaché sous un arbre en haut de la falaise et plusieurs fois par jour il sortait sous prétexte de le nourrir ou de faire une course jusqu'au village. Très concrète, elle posait des questions précises, discutait ses réponses, apportait des objections et le forçait ainsi à s'enfoncer dans son monde imaginaire.

Elle lui disait :

— Tu ne sens même pas le cheval !

— Les chevaux sentent seulement quand ils transpirent.

— Pourquoi qu'il ne transpire pas, ton cheval ?

— Le village n'est pas loin.

— Alors pourquoi tu y vas à cheval?

— Je voyage toujours à cheval. Quand j'étais jeune, dans l'Ouest...

Et il s'inventait de vastes plaines, au pied des Rocheuses, qu'il devait parcourir chaque jour à cheval, quand son père et les cowboys du ranch rassemblaient le bétail sous un soleil cuisant, un fusil en travers de la selle pour se défendre des Indiens dont on voyait poindre les inquiétantes silhouettes sur les hauteurs. Il parlait aussi du bruit des tam-tams et des signaux de fumée.

Elle demandait:

— Pourquoi tu n'es pas resté dans l'Ouest?

— Mon père a été tué. Mon grand-père a vendu le ranch et nous avons pris le train.

— Tué comment? Les Indiens?

— Une flèche dans le dos. Il s'était arrêté pour boire à une rivière. Mais il serait mort de toute façon.

— Pourquoi?

— L'eau était empoisonnée.

— Qui te l'a dit?

— Il y avait des carcasses d'animaux au bord de la rivière. C'est un signe. Avec des carcasses d'animaux, tu peux être sûr que l'eau est empoisonnée.

— Ton père ne les avait pas vues?

— Il les avait vues, mais il faisait toujours ce qu'il avait envie de faire. Un homme fait toujours ça, tu comprends?

— Mais ta mère, elle ne disait rien?

— Tu dois avoir faim, maintenant...

— Et ta mère?

— MA MÈRE? LAISSE MA MÈRE TRANQUILLE! JE NE VEUX PAS QUE TU PARLES DE MA MÈRE! TU ENTENDS?

— Pas nécessaire de crier si fort !

— JE NE CRIE PAS DU TOUT ! MAIS J'AI PEUR DE ME METTRE EN COLÈRE SI TU CONTINUES !

— Ça va, ça va, je n'en parlerai pas. Je le jure !

— Sur la tête de ta grand-mère.

— Je le jure sur la tête de ma grand-mère.

Elle se mordait les lèvres.

— Je crois que j'ai faim maintenant, dit-elle.

— Je vais faire du Nestlé Quick.

Et il pensait : «Je suis un solide buveur de Nestlé Quick». C'était comme s'il venait d'ouvrir d'un violent coup de pied les deux portes du saloon dans une ville du Far West : tous les cowboys, assis aux tables ou debout au bar, fermaient leur grande gueule et se tournaient vers lui ; il se tenait droit et immobile, figé dans le silence, les deux mains le long du corps, prêt à descendre le premier qui ferait un geste.

D'une voix un peu enrouée, il dit :

— On peut te faire un chocolat chaud, si tu aimes mieux.

— Non, merci.

— On est parfaitement capable de faire chauffer le lait et tout, exactement comme il faut.

— Merci bien, ça va.

Il versa du lait, prit la boîte de Nestlé Quick dans l'armoire et ajouta deux cuillerées de chocolat par verre ; il remua longuement le liquide pour qu'il n'y ait pas de grumeaux. Puis il lui offrit un verre.

— Tu peux me faire boire, dit-elle.

— Pourquoi ?

— Mes mains !

Il avait oublié. Il s'excusa et réfléchit une seconde.

— Je vais te détacher une main, décida-t-il.

Il passa derrière la chaise, détacha une main en s'assurant que l'autre et les chevilles restaient bien en place. Elle frotta contre ses lèvres son poignet endolori, prit le verre qu'il lui tendait et le vida d'un trait.

— Si tu veux des biscuits, tu peux choisir à l'érable ou au chocolat.

— Non, merci.

Elle lui sourit, les yeux brillants ; une coulée brune dégoulinait au coin de sa bouche.

— C'était très bon, dit-elle en lui remettant le verre.

— Tu vas tacher ta chemise.

— Tu peux m'essuyer, si tu veux.

— Hein ?

— Avec un kleenex ou une débarbouillette mouillée.

Il but une gorgée de Nestlé Quick, puis déclara :

— Je vais te détacher, mais...

— Mais quoi ?

— Tu jures de ne pas essayer de t'enfuir.

— Je le jure sur la tête de ma grand-mère.

— Si tu te sauves, je te viole d'un coup sec.

— Tu avais dit que tu ne dirais plus jamais ce mot-là.

— Excuse-moi, c'est vrai.

— Moi, je tiens toujours mes promesses, dit-elle fièrement.

Il ne répliqua pas, s'agenouilla à côté d'elle et la détacha complètement.

— Merci, dit-elle simplement.

Elle s'étira les bras et les jambes et alla se laver la figure au robinet. Jimmy la surveillait. Il demanda subitement :

— Tu es née sous quel signe ?

— La Balance, dit-elle en s'essuyant la figure avec une serviette.

Pas de chance, se dit-il. Tu veux violer une fille et il faut que tu tombes sur une maudite Balance. Elles ne savent jamais ce qu'elles veulent, elles n'arrivent pas à se décider, elle ne veulent pas aller jusqu'au bout. Le pire, c'est qu'elles sont fidèles. C'est vraiment pas de veine : il y a douze signes et tu tombes sur une maudite Balance. Brigitte Bardot aussi est une Balance. Je ne dis pas que j'aurais aimé tomber sur Brigitte Bardot. Pas nécessairement. Je veux dire : elle n'est pas assez sérieuse, à mon avis. D'accord, elle est terriblement sexy et tout, mais elle n'est pas assez sérieuse. Essaie de penser une seconde que tu vas violer Brigitte Bardot : ça ne fait pas sérieux du tout ; tu rêves. Supposons que tu lui expliques ton affaire, que tu veux faire ça pour avoir la paix et tout : il y a quatre-vingt-dix-neuf chances sur cent qu'elle éclate de rire comme une folle en secouant ses cheveux et te dise d'aller jouer au cowboy ailleurs. Si par chance elle ne t'éclate pas de rire au nez, elle va faire semblant d'être d'accord et de comprendre toute l'affaire, mais au fond elle va jouer un rôle ; chanceux si elle n'éclate pas de rire au moment précis où tu vas sortir ton diplôme.

Bien sûr, c'était moi, né sous ce signe, qui en possédais le caractère hésitant et même cette double personnalité. En suivant le fil de cette histoire, j'étais parti sans le savoir à la recherche de moi-même, je remontais à la source et je soupçonnais ces deux jeunes personnages, pour qui j'avais souhaité une aventure brutale mais qui en étaient bientôt venus à se traiter comme frère et sœur, de n'être que le double reflet de celui que les journaux avaient appelé impudemment «l'homme au cœur de jeune fille».

Je n'étais pas assez naïf pour trouver l'explication satisfaisante; depuis l'opération, rien de ce qui se passait en moi n'était si clair, tout était comme embrumé et j'étais de moins en moins lucide. Je commençais à croire qu'on n'inventait rien d'autre, en écrivant, que les images endormies en nous-mêmes.

Et puis, j'écrivais péniblement. Je veux dire : j'écrivais peureusement, comme s'il y avait quelque chose d'inquiétant au bout des mots; comme si, au tournant d'une phrase, j'allais brusquement me trouver face à face avec je ne sais quoi de menaçant et d'irrémédiable. Pourtant je continuais, je me sentais poussé à le faire. Je n'étais pas un véritable écrivain, mû par un besoin irrépressible de créer, d'exprimer ou de communiquer; cela ressemblait plutôt à une idée fixe. On aurait dit que les mots constituaient en même temps la seule issue possible, une sorte d'initiation, un rite de passage comme certaines tribus primitives en faisaient subir aux adolescents qui prétendaient devenir des hommes.

*

— Vous avez quel âge? dis-je une seconde fois à Charlie la Baleine bleue, près de la fontaine.

— J'ai pas d'âge, dit-elle avec un rien de mélancolie.

Elle lève une épaule assez haut, puis penche la tête de côté et frotte sa joue contre son épaule. Soudain elle dit :

— Tu as entendu?

— Hein?

— L'oiseau, dit-elle.

— Le moineau ?

— Chick-a-dee-dee-dee, fait-elle en imitant l'oiseau. Pas un moineau ! Une mésange à tête noire !

Elle indique de la main un bouleau dont les branches dépassent la grille de fer, derrière la vieille église protestante.

— Je ne vois rien du tout, dis-je.

— C'est un mâle.

— ...

— À cause de ses couleurs vives et de son chant, explique-t-elle patiemment. Les femelles ont des couleurs ternes et seulement un cri d'alarme.

— D'habitude ce sont les femmes qui aiment les couleurs et qui...

Elle sourit ; elle n'est pas d'accord, mais je me serais arrêté de toute manière à cause de sa façon de sourire. D'un geste de la tête, elle m'invite à me retourner : devant la fontaine, une dizaine de jeunes gens font cercle autour d'un vieillard qui gratte une guitare ; ils portent tous des bijoux et des vêtements très colorés.

— Les gens ne s'habillent pas comme ça, dis-je. Ce sont des exceptions.

— Le caléchier dit qu'il faut chercher la vérité parmi les exceptions, dit-elle sans se départir de son calme.

— Il peut se tromper.

Je regrette ce que j'ai dit ; je repense au trouble ressenti quand j'hésitais tout à l'heure entre masculin et féminin : la vérité peut venir au monde n'importe comment et même sous la forme d'une émotion.

— Excusez-moi, dis-je.

Elle consulte la table des matières de son livre, l'ouvre à l'endroit indiqué.

— Regarde, dit-elle.

Elle me montre du doigt, sur une planche en couleurs, la mésange à tête noire.

— C'est très beau, dis-je.

— Tous les oiseaux sont beaux, tu sais.

— Ils me fascinent, mais ils me font peur en même temps.

— Je sais.

— Vous ne pouvez pas savoir, dis-je.

— C'est simple, on a peur des choses qui sont en nous.

— Vous êtes étudiante? dis-je.

— Non.

— Alors vous travaillez?

— Non.

Elle rit.

— Je m'occupe des oiseaux. Faut bien que quelqu'un s'en occupe.

Elle rit encore. Puis elle remarque :

— Tu suis les gens, tu poses des questions...

— Je cherche, dis-je, un peu embarrassé.

Elle ne dit plus rien.

— Je cherche ce qu'il y a au bout, dis-je, m'enfonçant encore dans le ridicule.

Elle referme le livre, le place contre sa poitrine et croise ses bras par-dessus. Elle m'examine pendant un moment.

— Tu as toujours l'air de revenir de loin, dit-elle en souriant.

Je sors distraitement une cigarette.

— Une pour Charlie, dit-elle.

— Pardon.

Je lui tends mon paquet, lui offre du feu, puis j'allume ma cigarette.

— Vous n'êtes pas inquiète? dis-je.

— Je m'occupe des oiseaux et Simon s'occupe de moi.

— Je veux dire : par moments vous n'avez pas l'impression que la vie est trop pesante? Que ça vous écrase?

— Tu ne connais pas Simon, dit-elle.

Elle fume en silence. Je lui demande :

— Est-ce que vous lisez des livres?

— J'ai très faim, dit-elle subitement.

— Vous n'avez pas dîné?

— Non. Pas déjeuné non plus.

— Voulez-vous qu'on aille au restaurant?

Elle se lève.

— Je vais aller chez des amis, dit-elle.

— Où ça?

— Sais pas. Je vais chercher... J'ai pas d'argent ni rien.

— Si ça ne vous ennuie pas, dis-je, vous pouvez venir chez moi.

— C'est loin?

— Tout près. De l'autre côté du Château.

— D'accord, dit-elle. Je mange moins qu'un oiseau, mais faut tout de même que je mange un peu, sinon...

Elle place ses mains jointes sur sa joue et penche la tête comme un enfant endormi pour la nuit. Elle n'a pas répondu à ma question sur les livres. Elle ne répond pas toujours.

*

72

— Alors, vous avez joué dans la Ligue Nationale ?

— Eh oui !

Il en était très fier.

Dixième fois au moins que je lui posais cette question. Bill venait chez nous tous les jours. Au début, Élise l'appelait ; elle frappait un certain nombre de coups sur le mur : ils avaient un code. À la longue, il était venu tout seul. On avait de longues conversations sur le hockey. Je demandais :

— Vous jouez à quelle position ?

— Aile gauche.

— Quel est le joueur le plus difficile à surveiller ?

— Gordie Howe, évidemment.

Il but une gorgée de Molson et ajouta :

— Il a toujours été mon idole. Quand j'étais tout jeune...

Il s'arrêta et regarda Élise. Je ne sais s'il la regardait vraiment ou s'il était perdu dans son enfance. J'avais toujours pensé que les joueurs de hockey n'avaient pas d'enfance ; je veux dire : qu'ils ne vivaient pas avec leur enfance, excepté un petit nombre, comme Frank Mahovlich et Bob Rousseau, qui traînaient encore une partie de leur enfance sur la patinoire. J'avais le goût d'en parler avec Bill, mais une sorte de pudeur me retenait.

— Vous avez joué contre Howe cette année ?

— Oui, deux parties.

Il avait répondu en regardant Élise. Il poursuivit :

— Il a compté cinq buts contre moi et je n'ai même pas récolté une assistance ! C'est peut-être pour ça que je me suis retrouvé dans l'Américaine...

— Est-ce qu'il est aussi rude qu'on le dit ?

— Ça, c'est un souvenir de lui ! dit-il en montrant une cicatrice au-dessus de l'œil gauche.

Il expliqua :

— D'un coup de coude il m'a projeté tête première dans la bande. Je me suis relevé, la bagarre a éclaté. Je ne me souviens plus du reste : j'ai quitté la patinoire sur une civière.

Il rit, avec une fierté un peu extravagante. Élise dit :

— Vous auriez pu être blessé gravement.

Il lui sourit sans dire un mot. Quand il ne disait rien, il souriait. Élise lui disait parfois vous, parfois tu ; on ne pouvait pas prévoir et ça répandait dans la pièce une impression de chaleur, comme si on avait bu tous les trois du gin chaud avec du citron et une cuillerée de miel. Je demandai encore au joueur de hockey :

— Gordie Howe, il est meilleur que Maurice Richard ?

Il réfléchit intensément ; du moins son front se plissait de quatre rides à pleine largeur et il tenait son verre de bière à deux mains. Il commença par dire :

— Vous savez, j'étais assez jeune quand Richard était à son meilleur. Alors c'est pas facile.

Puis, après une longue minute d'hésitation :

— Richard était plus spectaculaire. Gordie Howe est plus complet. Les deux plus grands joueurs au monde.

— Et Bobby Hull ?

— Attendons, attendons encore quelques années. Il parle déjà de se retirer. Je ne suis pas sûr s'il a le feu sacré.

Je trouvais qu'il avait bon jugement et j'avais plaisir à parler avec lui. Je lui offris une autre bière et il accepta après avoir jeté un coup d'œil à Élise.

— Vous ne buvez pas du tout? me demanda-t-il.

— Presque jamais.

— À cause de votre...

— C'est ça.

Je demandai à Élise de me faire un café et je relançai aussitôt la conversation sur Richard et Howe. Chaque fois que je parlais de Richard, que j'entendais son nom, je sentais bouger en moi quelque chose d'ancien, comme une bête endormie depuis l'opération et qui aurait remué doucement dans son sommeil. J'écoutais le joueur de hockey, mais j'avais le goût de lui parler des fulgurantes montées que Richard préparait en contournant ses filets, du but fameux qu'il avait compté avec un joueur accroché à son dos, de ses batailles légendaires, de l'émeute que sa suspension par le président Campbell avait provoquée au Forum et dans la rue Sainte-Catherine, de la tristesse qu'on ressentait à le voir traîner la jambe à la fin de sa prodigieuse carrière. J'aurais voulu que Bill comprît à quel point l'image de Richard était vivante dans le cœur des gens de mon âge et comment son souvenir éveillait des émotions si profondes qu'elles touchaient aux racines les plus lointaines et jusqu'à ce fonds commun qui faisait notre race. J'avais la gorge serrée et je sentais bouillonner toutes ces choses en moi sans pouvoir les exprimer; à la surface, c'était une nappe de douceur, une mer d'huile qui bloquait tout.

Élise m'apporta le café.

— J'ai mis une goutte de cognac, murmura-t-elle avec un clin d'œil complice.

— Merci.

Je bus une petite gorgée et je demandai à Bill ce qu'il pensait du jeune Cournoyer.

— C'est lui qui ressemble le plus à Richard, dit-il. Du moins entre la ligne bleue et les buts.

— Quel est le joueur le plus sournois?

— Mikita.

— Il est rude?

— Pas exactement. Il fait ses coups par en dessous, dit-il avec un air un peu dégoûté.

— Quel est le plus rude?

Il prit son temps. La question, visiblement, l'intéressait; c'était son domaine.

— Vous pensez à John Ferguson ou à Eddie Shack? demanda-t-il.

— Oui.

— Parce qu'ils traversent la patinoire pour aller bousculer quelqu'un dans la bande?

— Bien sûr.

— C'est pas très dangereux; on finit par les éviter. Mais présentez-vous une seule fois à la ligne bleue, la tête baissée, quand Bobby Baun est sur la glace. Vous allez vous réveiller à l'hôpital!

— Comment trouvez-vous Robert Rousseau?

— Très brillant pour un joueur de sa taille, mais il joue trop souvent assis sur la glace. Vous êtes un partisan des Canadiens?

— Bien sûr. Ça ne se voit pas?

— Ça se voit assez, dit-il en riant.

Il vida son verre de bière et je lui demandai:

— Vous avez joué contre Jean Béliveau?

— Oui, dit-il en s'essuyant les lèvres du revers de la main.

— Et comment est-il?

— C'est le joueur le plus intelligent. Il se sert toujours de sa tête. Les spectateurs croient que les joueurs de hockey ne sont pas très intelligents. Je pense qu'ils jugent trop vite. En tout cas, le jeu de Béliveau c'est de l'intelligence pure.

— Toi, tu as un diplôme en sciences politiques, intervint Élise.

— Seulement un bac, dit-il.

— Comme Dick Duff, dis-je.

— C'est vrai.

— Il y a un poète québécois qui a dit que...

Je m'arrêtai.

— Qu'est-ce qu'il a dit? demanda Bill.

Ils me regardaient tous les deux. Je poursuivis en hésitant:

— C'est un très bon poète. Il a gagné le prix France-Québec. Je ne veux pas dire qu'il est bon parce qu'il a gagné...

— Qu'est-ce qu'il a dit? répéta Élise.

— Il a dit qu'une montée de Béliveau, c'était...

J'étais mal à l'aise.

— Il a dit qu'une montée de Béliveau, c'était beau et pur comme un poème.

Élise était assise sur l'appui de la fenêtre en demi-lune, le visage fermé. Le joueur de hockey avait une lueur de pitié dans les yeux; il me regardait comme les gens tout de suite après l'opération. Je me repliai sur moi-même.

— Faut que je m'en aille, dit Bill.

— Il n'est pas tard, dit Élise.

— J'ai l'habitude de me coucher de bonne heure.

Il se leva et s'en alla. Élise le suivit. Je les entendis parler tout bas dans le corridor. Puis je n'entendis plus rien.

Élise ne revenait pas, mais à vivre à l'intérieur de soi on oublie parfois que le temps passe. Je décidai de me coucher. J'étais très maigre; le plus souvent je n'y pensais pas, mais il m'arrivait aussi d'en prendre conscience de façon aiguë. Je me demandais si c'était la vie qui était dans le mouvement ou bien le mouvement qui était dans la vie. Je me demandais aussi si un clown pouvait être aussi beau qu'un arbre.

*

Charlie et moi, nous marchons vers le Château. J'ai peine à bien accorder mon pas au sien parce qu'elle marche comme une personne libre. J'ai toutes sortes de choses dans la tête : elle tient contre sa poitrine le livre sur les oiseaux ; partir pour le pôle intérieur de soi-même ; il y a un oiseau dans ma poitrine, j'ai envie de le connaître et j'ai peur ; ou bien on vit comme tout le monde ou bien on cherche la clef des mystères ; son nom commence comme chat ; mon enfance ressemble à un vieux château en ruine où vivent les chats ; les chats rêvent beaucoup, les oiseaux presque jamais ; je me méfie des êtres qui ne sont pas capables de rêver.

— J'ai une chambre ici, dit-elle comme nous passons sous les arcades du château, mais je n'y viens jamais...

— Bien sûr, dis-je. Mais à quoi ça sert, les rêves ?

— Ça sert à l'anima. Simon dit que c'est très important.

— Pourquoi ?

Elle ne répond pas.

Le long du parc, de l'autre côté du Château, elle s'arrête devant l'obélisque à la mémoire de Montcalm et Wolfe et tente de déchiffrer l'inscription en latin.

MORTEM. VIRTUS. COMMUNEM
FAMAM. HISTORIA.
MONUMENTUM. POSTERITAS. DEDIT

— Faudra que Simon me traduise ça, dit-elle finalement.

— Il sait le latin ?

— Bien sûr. Quand il ne veut pas que je comprenne, il me parle en latin.

— Pourquoi ?

Elle se tourne vers moi et dit calmement :

— Tu es comme les enfants, tu demandes toujours pourquoi.

— C'est vrai, dis-je.

— C'est mieux de chercher soi-même.

— J'ai essayé, dis-je.

— Et puis ça n'a pas marché, dit-elle.

— C'est drôle, on dirait que mon expérience diminue chaque jour. À quoi pensez-vous ?

— À Simon, dit-elle.

— Vous avez une mère ? dis-je brusquement.

— Non, mais j'avais une mère poule.

— J'aime bien les mères poules. Où c'était ?

— Sur la Côte-Nord. J'aimerais mieux qu'on ne parle pas de ça.

En face de la maison de touristes, je fais voir à Charlie ma fenêtre au cinquième ; je lui recommande de passer rapidement et sans bruit devant l'appartement de la concierge, pour avoir la paix.

Depuis la fenêtre, Charlie la Baleine bleue a longuement regardé le fleuve, les bateaux, et s'est penchée pour apercevoir, à gauche, le pont de l'île et les lointaines montagnes de Charlevoix, car le temps est clair. Elle a aussi jeté un coup d'œil à ma peinture :

79

l'arbre dans la brume avec le soleil derrière, et elle a souri énigmatiquement; je n'ai pas posé de questions.

Après avoir mangé un peu, elle s'est allongée sur le canapé sans rien dire et puis elle a fermé les yeux. Elle respire fort, comme elle disait; elle a l'air de dormir.

Honnêtement, je n'ai pas posé de questions depuis qu'elle est là, ni sur la peinture et ce qu'en disait le docteur Grondin, ni sur la tendresse et ce que la vieille Marie écrivait sur les nappes du café Buade, ni même sur les oiseaux et l'espoir insensé qu'ils avaient fait naître en moi.

Elle respire très fort.

Je m'assois près d'elle et elle ouvre les yeux.

— Je ne voulais pas vous éveiller, dis-je.

— Tu sais quoi? fait-elle.

— Non, dis-je, me demandant quels secrets lui font les yeux si noirs.

— Il y a un rêve que je faisais souvent. Je voyais une bande de loups qui tournaient le coin de la rue et se dirigeaient vers la maison; ils approchaient, la gueule ouverte, la langue pendante entre les crocs pointus et au moment où ils atteignaient la porte, je m'éveillais en poussant un cri.

— Et vos parents venaient voir?

— Mon père entrait dans la chambre, disait à ma mère de retourner dormir, s'asseyait sur le lit et me parlait doucement. Puis il allumait les lumières de la maison et me faisait visiter toutes les pièces sans oublier de descendre à la cave. Il prenait ma main dans la sienne et, lui en pyjama et moi dans ma longue robe de nuit bleue, nous marchions jusqu'au coin de la rue, où il y avait un lampadaire, et nous revenions ensuite à la maison. Il me ramenait à ma chambre et me racontait quelque chose pour me rendormir.

— J'aime bien vos souvenirs, dis-je. J'ai toujours aimé les souvenirs.

— Alors, viens un peu plus près.

— Attendez...

Je vais chercher un oreiller. Je le glisse sous sa tête, je m'allonge près d'elle. Elle respire très fort.

— Vous êtes une vraie Baleine bleue, dis-je.

— C'est vrai.

— Je me demande...

— Quoi ? fait-elle, les yeux mi-clos.

Ce que je me demande, c'est si on peut devenir l'ami d'une très jeune fille qui aime les oiseaux, mais ça ne se dit pas facilement. Et puis il y a une question que je ne peux pas retenir.

— La peinture de l'arbre, c'est vous... ?

— Je me demande ce qu'il est devenu, dit-elle pensivement.

— L'arbre ?

— Non, un homme. Ça doit faire cinq ans et j'y pense toujours.

— Quel homme ?

— L'homme qui était à côté de moi. Je traversais à Lévis sur le *Louis-Jolliet*. C'était l'été. Au milieu du fleuve, tout à coup, il a enjambé le garde-fou et s'est jeté à l'eau.

— Il était comment ?

— Il était vieux, avec un habit noir et un chapeau noir. Je pense à lui souvent, tu comprends ?

— Bien sûr.

— Tu comprends, on se sent responsable.

— Je comprends. N'y pensez plus maintenant.

— Je vais essayer, dit-elle, si tu me prends dans tes bras comme Simon.

— Comme ça? dis-je.

*

C'était dimanche.

Élise était sortie avec Bill pour assister à la course de canots. J'étais resté pour écrire.

La Terrasse, vue depuis ma fenêtre, grouillait de gens bigarrés qui tachetaient gaiement la neige; ils allaient bras dessus bras dessous, dansaient et buvaient pour se réchauffer et, par intervalles, soufflaient bruyamment dans des trompettes de plastique coloré; près du Château, des couples de patineurs évoluaient, au son d'une valse de Strauss, autour de la petite patinoire bordée de sculptures translucides; au milieu de la Terrasse, les traînes sauvages, avec leur passagers joyeusement accrochés les uns aux autres et penchés vers l'avant, dévalaient trois par trois les allées rapides de la glissoire; sur le fleuve, les deux traversiers d'hiver, lourdement chargés de spectateurs officiels, se tenaient immobiles au milieu des glaces et des hélicoptères tournoyaient au-dessus d'eux.

J'étais content qu'Élise et Bill fussent sortis. Élise avait besoin d'un peu de distraction. Et puis, s'ils étaient restés, il m'aurait fallu écrire dans la chambre de Bill: il me la prêtait pour que je travaille en paix; il venait presque continuellement chez nous. Ça ne me plaisait pas beaucoup: j'avais du mal à m'habituer, la fenêtre ne donnait pas sur le fleuve et à travers la cloison on entendait le murmure de leurs voix.

Depuis quelque temps, je n'avais plus qu'à fermer la fenêtre, m'asseoir à ma table, allumer une cigarette, prendre mon stylo et je me retrouvais sans effort au milieu de mon monde imaginaire.

Il commençait à se peupler, même si l'ensemble du paysage m'échappait toujours. Sur le haut de la falaise, très escarpée, était installée une vaste maison de campagne où vivait une communauté de religieuses ; les après-midi de soleil (c'était le milieu de l'été, dans mon histoire), on pouvait voir les sœurs, en longue filée blanche, descendre le sentier et venir s'asseoir sur les rochers qui s'avançaient dans l'eau. Le rivage du fleuve, qui ondulait en une série d'anses plus ou moins profondes, était composé d'un mélange de gravier et de sable ; le sable devenait très fin et doux pour les pieds au fond des anses. Çà et là se dressaient de grandes cages à poissons, subdivisées en plusieurs cloisons ; elles avaient été endommagées par les glaces de l'hiver et les pêcheurs descendaient sur la grève les remettre en état et, plus tard, vers la fin de juillet, les installer sur les battures pour pêcher l'anguille jusqu'à l'arrivée de l'hiver. Quand il faisait très chaud et que la marée était haute, les jeunes gens du village venaient se baigner. On y rencontrait aussi des chats en quête de nourriture. J'avais l'impression de reconstituer, morceau par morceau, un immense casse-tête.

Chaque fois que je revenais à ce monde imaginaire, je m'y sentais plus à l'aise que la précédente. C'était autour de moi comme un abri, un refuge. Certaines journées, je n'écrivais pas du tout, pour le plaisir de m'y sentir bien et ne rien faire, assis sur le gros rocher, celui qui s'avançait le plus loin vers le fleuve, avec les goélands qui planaient autour, perdu dans cet univers où le soleil se faisait beau, le vent un souffle très léger, le temps une grande douceur immobile et rassurante.

Ce qui m'inquiétait un peu, et me ramenait finalement à la réalité, c'était la pensée de plus en plus
fréquente qu'il pouvait y avoir quelque rapport secret
entre la douceur et la mort.

Même la fenêtre fermée, on entendait la rumeur
confuse des gens et le ronronnement des hélicoptères
quand ils survolaient la maison. Je mis le nez à la
fenêtre: des centaines de curieux se penchaient par-
dessus la balustrade de la Terrasse ou bien se tenaient
par grappes sur les quais jusqu'au Bassin Louise; les
glaces dérivaient rapidement, petites banquises morce-
lées ne laissant qu'un couloir d'eau libre du côté de
Québec; à Lévis, une masse grouillante de spectateurs
noircissait le grand quai que les canots devaient toucher avant de faire demi-tour pour retraverser le fleuve.
La course n'était pas commencée. Je reconnus, accou-
dés à la clôture verte longeant les allées de la glissoire,
Élise et Bill qui tournaient la tête ensemble au passage
des traînes sauvages. Le joueur de hockey avait mis
mon capot de chat et ma ceinture fléchée. Il leva sa
canne de plastique blanc et en porta le goulot à sa
bouche; elle était remplie de dry gin et de jus
d'oranges. Il la passa à Élise qui prit à son tour une
longue rasade. De temps en temps, ils dansaient comi-
quement. Il semblait faire très froid.

Je revins à mon paysage.

L'été. La douceur.

Je sursautai.

Des coups frappés à la porte.

Il faisait noir dans l'appartement.

On frappa encore, à coups redoublés.

Je me levai, retrouvant mon équilibre avec un
peu de mal, j'allumai une lampe en tournant la tête

pour ne pas être ébloui et je jetai un coup d'œil au vieux coucou : il marquait minuit passé. J'avais dû m'endormir à ma table. Le cou me faisait mal. J'allumai une autre lampe et j'ouvris la porte.

Le joueur de hockey était là, emmitouflé dans mon capot de chat, avec la ceinture fléchée, la tuque rouge, les bottes d'aviateur et il tenait à la main sa canne blanche ; il avait frappé avec la canne. Bouche ouverte, le regard incertain, il vacillait légèrement d'avant en arrière : il était plein comme un œuf.

— Vous êtes saoul, dis-je doucement.

Il agita sa canne de plastique sous mon nez et secoua négativement la tête :

— Pas saoul !

Il s'accrocha à la poignée de la porte et bredouilla :

— Tut ! tut ! Un joueur de hockey... jamais saoul... défendu ! Le gros Bill... pas saoul mais fatigué parce que...

Il pointa sa canne maladroitement par-dessus son épaule en direction de l'escalier.

— É-gli-se, articula-t-il.

— Hein ?

— Église. Au pied de l'escalier.

— Elle s'appelle Élise, dis-je.

— C'est ça, dit-il. Mon amie Élise. Je l'ai traînée jusqu'au pied de l'escalier. Fatigué à cause de mon bras. Vous comprenez ?

Sa voix se faisait suppliante. Je m'entendis demander :

— Elle est malade ?

— Pas malade, dit-il. Fatiguée.

Ses yeux tentaient sans succès de s'accrocher aux miens. Des gouttes de sueur perlaient sur son front. Il essaya de poser sa main sur mon épaule mais il passa dans le vide.

— Besoin d'aide, dit-il péniblement.

— D'accord, je vais essayer de vous aider. Ensuite tout le monde va se coucher.

Il se mit à rire et se retourna en chancelant vers l'escalier.

— Merci beaucoup, dit-il en avançant prudemment un pied vers la première marche. Tout le monde est très fatigué. Tout le monde va se coucher.

— Attendez! dis-je.

Il se figea dans une posture comique, une main sur la rampe et son pied suspendu.

— Faut enlever ça, dis-je en lui montrant son costume.

— Faut enlever ça, répéta-t-il.

Je dénouai sa ceinture fléchée et, après plusieurs minutes d'efforts, je parvins à lui retirer le lourd capot de chat, puis les bottes d'aviateur. Il se laissa faire, mais refusa obstinément de quitter sa tuque rouge et sa canne de plastique. Je descendis l'escalier devant lui. À chaque palier, je me retournais pour le surveiller et l'encourager. La canne sous son bras blessé, il se retenait à la rampe avec sa main valide; il avançait la jambe, tâtait longuement le terrain, posait le pied comme si l'escalier était truffé de mines.

Élise reposait sur la dernière marche.

Elle était allongée en travers de l'escalier, la tête de côté et appuyée au mur, les yeux fermés et elle avait un sourire qui lui donnait un air de petite fille. Debout près d'elle se tenait la concierge, en longue chemise de nuit blanche, les bras croisés et le crâne coiffé de ses éternels bigoudis; elle affichait un air de totale désapprobation.

— Bonsoir madame, dis-je faiblement.

Elle ne me prêta aucune attention. Elle surveillait le joueur de hockey qui, parvenu sans encombre aux dernières marches, était occupé à faire un pas, exagérément allongé, pour franchir l'obstacle considérable que représentait pour lui le corps d'Élise. L'exploit réussi, il s'inclina profondément devant la concierge, retira sa tuque en signe de respect et commença à lui baragouiner une longue et confuse histoire d'où il ressortait finalement que tout le monde était très fatigué et voulait aller dormir. Devant le souverain mépris qui se peignait sur le visage renfrogné de la vieille dame, il finit par se taire complètement et, médusé, la bouche ouverte, il se mit à l'observer avec cet air incertain des gens qui contemplent une statue exotique. Avant qu'il ne la touche pour vérifier si elle était réelle, je le pris par le bras et le ramenai auprès d'Élise qui venait d'ouvrir les yeux.

— Ça va mieux? demandai-je à Élise.

Elle n'arrivait pas à fixer les yeux sur moi. Je lui tapotai la joue et elle fit entendre un faible gémissement. Le joueur de hockey me saisit la main; il me repoussa légèrement.

— Vous lui faites mal, protesta-t-il.

Et il ajouta aussitôt :

— Le gros Bill sait ce qu'il faut faire. Une minute.

Il s'agenouilla avec précaution, se pencha et l'embrassa délicatement sur la joue. Elle le regarda, lui sourit, et je me mis à penser à la Belle au bois dormant. Je savais que c'était stupide. Le regard de la concierge me brûlait la nuque. Mais c'est à ça que je pensais, plus précisément au film de Walt Disney.

Élise dit :

— Tu es là?

— Bien sûr, dit Bill.

Exactement ce que j'aurais répondu. Il était à genoux, la canne sous le bras, la tuque de travers, les yeux humides et il souriait béatement.

— Tu m'avais abandonnée? dit Élise avec une petite voix mouillée.

Le joueur de hockey fit signe que non, bouche ouverte. Il continua de secouer la tête un bon moment, puis bredouilla :

— Tout le monde va aller dormir.

Ensuite il se pencha vers elle et dit, d'une voix un peu raffermie :

— J'ai trouvé de l'aide.

Elle venait tout juste de refermer les yeux. Il lui toucha l'épaule.

— Noël est ici, insista-t-il.

Elle semblait s'être rendormie. Comme tout à l'heure, elle avait la tête appuyée contre le mur et penchée de côté. La joue qu'elle montrait était humide.

— Elle ne vous a pas vu, dit Bill. Une minute.

Et il voulut encore se pencher vers elle. Je l'arrêtai en lui mettant la main sur l'épaule.

— Ne l'éveillez pas, dis-je.

— Non?

— Non!

— Elle est très fatiguée.

— Vous allez la porter et je vais prendre les jambes.

Je lui indiquai comment faire, un peu sèchement : on avait l'air de se partager Élise en deux morceaux. Je pris les jambes en les coinçant sous mes bras repliés. Le joueur de hockey, passant ses mains sous les aisselles d'Élise, essaya de la soulever.

— Trop fatigué, dit-il. Je vais boire un coup.

Il cherchait à reprendre la canne qu'il avait passée à la ceinture de son pantalon. Il me fallut plusieurs minutes pour l'en dissuader. Tout à coup je compris qu'il ne pouvait soulever Élise à cause de son poignet cassé. Je lui expliquai la situation.

— Je vais prendre votre place, proposa-t-il en frottant son poignet.

— Impossible, dis-je.

Cette idée de prendre ma place me donnait le cafard. Il n'avait pas l'air de comprendre que je ne pouvais faire d'effort violent. Je lui démontrai comment s'y prendre : se pencher, passer ses deux bras sous les épaules d'Élise, faire porter le poids sur ses avant-bras. Il répéta mes gestes en se marmonnant à lui-même des paroles d'encouragement. Il parvint sans trop de mal à la soulever et sans perdre un instant, j'allai reprendre les jambes qui traînaient deux marches plus haut. Une botte bien calée sous chaque bras, je tournai la tête pour donner le signal du départ : le joueur de hockey avait les deux mains fermement appuyées sur la poitrine d'Élise et la tête de celle-ci posée au creux de son épaule ; sa figure un peu rouge était traversée d'un large sourire.

— Je suis bon jusqu'au ciel ! dit-il joyeusement.

Sous le regard courroucé de la concierge, nous nous mîmes en route et j'entendis presque aussitôt la voix d'Élise.

— Tu me berces ? murmura-t-elle.

— Bien sûr, dit Bill.

Elle chuchotait des paroles intelligibles et Bill lui répondait tout bas. On aurait dit, par moments, qu'elle se plaignait. Je sentais mes jambes faiblir, j'avais peur de ne pas tenir le coup jusqu'au cinquième. Puis j'entendis encore la voix plaintive :

— Tu me berces toujours ?

— Oui.

— Chante-moi une chanson.

— Quelle chanson ?

— Une chanson. La chanson du Carnaval.

Il se mit à chanter le refrain d'une voix un peu éraillée, entrecoupée de halètements, mais sans fausser du tout ; Élise chantonnait aussi et, sans trop le vouloir, je chantais mentalement avec eux. Au troisième, le joueur de hockey s'arrêta et vida d'un trait son dry gin ; impossible de le faire changer d'avis.

Parvenus au cinquième, nous étendîmes Élise sur le canapé. Elle s'était rendormie. Je retournai chercher le capot de chat, la ceinture fléchée et les bottes d'aviateur sur le palier, je refermai la porte et me laissai tomber dans un fauteuil. Le joueur de hockey, un peu dégrisé mais encore chancelant, revenait de la cuisine avec une bière. Mon cœur n'arrivait pas à se calmer. Je pris dans ma poche le petit flacon d'urgence et j'avalai une pilule. Au bout de quelques instants, ma respiration s'apaisa, mes membres s'engourdirent et mes paupières devinrent lourdes.

J'entendis une sorte de gémissement.

J'ouvris les yeux.

À travers un brouillard, j'aperçus de dos le joueur de hockey qui semblait penché au-dessus d'Élise. Je ne voyais pas ce qu'il faisait mais j'entendais la voix d'Élise qui se plaignait.

Je toussotai. Bill se retourna vivement.

— Vous ne dormez pas ? fit-il.

— Je dormais.

— J'ai besoin d'aide.

Il avait l'air beaucoup moins ivre. Je me levai. Mes jambes étaient de plomb.

— Ça va mal? dis-je.

— Oui.

— Elle est malade?

— Elle a trop chaud. Elle étouffe.

Je m'approchai du canapé.

— Mettez votre main là, dit-il.

Et il posa sa main sur le front d'Élise, puis la retira couverte de transpiration. Il détacha les boutons du manteau en suède. Ensuite il me fit agenouiller sur le bord du canapé et dit :

— Prenez-la dans vos bras.

Il m'aida à soulever les épaules d'Élise et je la pris contre moi.

— Tenez-la bien.

Tirant sur chaque manche successivement, il fit glisser le manteau et, d'une brusque secousse, l'enleva complètement. Sous le choc, je perdis l'équilibre; je me retrouvai étendu avec Élise.

— Vous êtes fatigué aussi? dit-il.

— Je suis fatigué et je m'endors beaucoup. Quelle heure est-il?

Je regardai le coucou mais il y avait encore trop de brume et les aiguilles dansaient devant mes yeux.

— Vous pouvez dormir, dit le joueur de hockey.

— Non, il faut que je vous aide.

— Je pense que ça va comme ça.

— Non.

Je me remis à genoux sur le canapé. Je commençai à relever le chandail d'Élise.

— C'est pas nécessaire, dit-il faiblement.

— Elle a très chaud.

Je fis passer le chandail par-dessus sa tête. Ensuite je demandai à Bill de m'aider à finir le travail et il m'aida jusqu'à la fin, en marmonnant des choses que je n'arrivais pas à saisir.

Mes doigts s'engourdissaient, je me dépêchais, j'avais peur de faiblir avant d'avoir terminé. Finalement Bill cessa de parler, subitement, et nous étendîmes sur Élise une petite couverture de flanelle. Elle respirait mieux, elle avait cessé de se plaindre. Elle avait l'air de bien dormir.

— Merci bien, dis-je au joueur de hockey.

Il ne répondit pas.

— Je n'aurais pas pu faire ça tout seul, dis-je.

— Vous avez l'air très fatigué, dit-il très bas.

— C'est vrai.

Je m'assis sur l'appui de la fenêtre en demi-lune et j'allongeai les jambes. Bill entra dans ma chambre et revint avec deux oreillers; il en plaça un sous la tête d'Élise et glissa l'autre dans mon dos. Je m'allongeai un peu plus et je me sentis très bien.

— Vous êtes bien? demanda-t-il.

— Très bien, vraiment très bien. Merci.

— Tant mieux.

— Prenez une autre bière, dis-je. Vous savez où.

— D'accord, dit-il, mais c'est la dernière.

Il alla chercher une Molson dans le frigo et revint s'asseoir dans le fauteuil que j'avais laissé. Je me sentais très las, très doux en même temps, sans pouvoir distinguer l'un de l'autre et je pensais aussi au docteur Grondin.

— À quoi pensez-vous? demanda Bill.

— Au hockey, dis-je pour lui faire plaisir.

— Je ne vous crois pas.

— Excusez-moi. En fait, je pensais au docteur Grondin.

— Vous êtes chanceux de le connaître.

— C'est vrai.

— Comment est-il?

— Très bon et très humain.

Il versa une moitié de la bière dans son verre et dit :

— C'est comme ça que vous êtes aussi.

Quand j'étais tout petit, déjà j'aimais le hockey comme un fou et mon père l'aimait aussi. Élise respirait profondément. Mon corps engourdi se refermait autour de moi et de mes souvenirs, comme un nid autour de l'oiseau blessé. Les lumières de Lévis, parmi les glaces à la dérive, se laissaient bercer dans l'eau du fleuve.

— Vous allez dormir? dit le joueur de hockey.

— Mais non, dis-je.

— Je ne dirai plus rien.

— Parlez si vous voulez.

— Vous avez besoin de sommeil.

— Vous êtes un chic type.

— Ne dites pas ça.

— Pourquoi? Vous avez pris soin d'Élise aussi bien que moi.

— Pas du tout.

— Comment la trouvez-vous?

— Très belle, dit-il, si vous permettez.

— Je voulais dire : moralement?

— Elle n'a pas de défauts.

— Vous ne la trouvez pas un peu... mère poule, par moments?

— Non. Peut-être un peu... petite fille. Excusez-moi.

— C'est curieux.

Il demeura silencieux quelques instants.

— Parfois je vous trouve difficile à comprendre, reprit-il. Je ne vous comprends pas tout de suite. Je n'ai jamais rencontré quelqu'un comme vous.

— Non?

— Vous ne vous fâchez jamais, dit-il.

Il but une longue gorgée de bière.

— Vous avez toujours été comme ça?

— Mais non, dis-je en réprimant un bâillement.

— C'est depuis quand?

— Je crois que je vais dormir maintenant.

— J'aimerais savoir comment vous vous sentez avec votre...?

J'essayai de chasser le brouillard de ma tête.

— Avec ma femme?

— Non, non. Avec votre cœur de jeune fille. Excusez-moi.

— Ce n'est pas facile, dis-je.

— Vous n'êtes pas bien?

Il se versa la seconde moitié de la bouteille. Il parlait trop fort. J'avais peur que l'ivresse le reprenne.

— Écoutez, dit-il en s'animant, je vous trouve très bien. Je voudrais moi-même avoir un cœur de jeune fille!

Pour un peu j'aurais ri; c'était assez drôle de le voir. Mais je craignais de réveiller Élise.

— Excusez-moi, dit le joueur de hockey. Je crois que j'ai trop bu. Sincèrement, je le pense.

— Ce n'est pas grave. Vous êtes un chic type, dis-je encore une fois.

— Non. Ne dites pas ça. Je n'aime pas quand vous dites ça.

Il vida lentement son verre, puis il proposa:

— Voulez-vous qu'on parle de hockey?

Je ne répondis pas.

— On pourrait parler de Jean Béliveau, si vous voulez.

Je ne dis rien. Je jetai un dernier coup d'œil à la fenêtre : sur le traversier d'hiver qui venait de quitter Québec se détachait, illuminée, la grosse face épanouie du Bonhomme Carnaval. Je ne savais plus quelle heure il était, mais il se faisait tard dans la nuit, le lendemain était la veille du mardi gras et le Carnaval s'en allait comme le bateau.

*

La Baleine bleue se soulève, je glisse un bras entre son cou et l'oreiller, et l'autre autour de sa taille. Elle me prend par le cou.

— Un peu plus serré, dit-elle.

Je la presse contre moi ; elle respire très fort, tout près de mon oreille.

— Je suis bien maintenant, dit-elle.

— Vous respirez très fort, Charlie la Baleine bleue.

— Tu respires fort aussi.

— C'est à cause de mon cœur, dis-je.

— Moi, c'est à cause de mon expérience.

— Je me souviens, vous avez beaucoup d'expérience.

— J'ai pas dit ça. J'ai dit : une grande expérience ; c'est pas pareil.

— Je comprends.

— Tu sais, dit-elle, c'est très affectueux, les baleines.

— Je ne savais pas, dis-je.

— Quand les pêcheurs harponnent une baleine, qu'ils la traînent derrière le bateau, tu sais ce qui arrive?

— Non.

— Les autres baleines suivent le bateau, appuient leur tête sur le ventre de la baleine blessée et lui tiennent compagnie jusqu'à ce qu'elle ait rendu le dernier soupir.

Les yeux fermés, je frotte mon nez contre sa joue, pas très loin de l'oreille, là où la peau est très douce et comme un peu parfumée.

— Tu es bien aussi? demande-t-elle.

— Oui.

— Je n'écrase pas ton bras?

— Non. Je suis très bien.

— Maintenant je peux te dire pourquoi je respire si fort, dit-elle.

— Je ne vous demande rien.

— Non, mais tu me tiens aussi bien que Simon. Alors je peux bien te le dire: c'est une histoire avec un homme.

— Je sais.

— Une nuit, quand j'étais petite, il est entré dans ma chambre. C'était un de mes oncles. Il a essayé de...

Elle s'arrête une seconde, puis un peu tristement:

— Tu comprends, je pensais qu'il avait le droit de le faire parce qu'il était mon oncle.

— Je comprends, ne dites plus rien.

— Maintenant je respire fort quand je suis couchée.

— Ne dites plus rien.

— C'est pour ça que Simon m'appelle la Baleine bleue, dit-elle encore, pour compléter son explication.

Je l'embrasse dans le cou, évitant de faire du bruit avec mes lèvres. Ensuite elle demande :

— Mais toi, pourquoi tu respires fort, toi aussi ?

— C'est trop compliqué, dis-je. C'est comme si j'arrivais au bout d'un voyage... comme si j'allais découvrir une chose très ancienne et que...

— Que tu ne pourrais pas supporter ?

— Oui. Je me demande aussi s'il y a un rapport entre la douceur et la mort.

— La douceur, c'est toi, dit-elle.

Je l'embrasse encore dans le cou, sans bruit, et elle dit :

— C'est difficile, les rapports entre les choses. Faudrait demander à Simon, il est très doux aussi.

— Où demeure ton ami Simon ? dis-je.

— À Saint-Nicolas. C'est très beau Saint-Nicolas.

— Je n'y suis jamais allé.

— Tu sais ce que j'aimerais ? dit-elle.

— Non.

— Ce que j'aimerais bien, c'est que nos parents soient debout dans l'encadrement de la porte, tous les quatre en train de nous regarder, et il y aurait ta mère, par exemple, qui pousserait mon père du coude.

— Maintenant, c'est comme s'ils étaient là.

Elle dit que je parle comme le caléchier et son souffle me fait des bouffées de chaleur dans le cou. Je la tiens toujours serrée, mais j'ai passé mes bras dans son dos sous son chandail bleu qui est très ample. Elle ne porte rien en dessous et je sens sous mes doigts que les côtes et les vertèbres sont tout près de la surface, et sous la paume de ma main que la peau est douce partout. Le chandail est vraiment trop grand. Elle devine et dit :

— Ça flotte autour de moi et j'ai l'impression d'être à l'abri sous une couverture. Tu comprends?

— Bien sûr.

— Et tu sais à quoi je pense?

— Non.

— Je pense à ma tante.

— ...

— Ma tante religieuse, dit-elle. Elle va sortir du couvent pour toujours, samedi qui vient. Elle a passé toute sa vie sans savoir qu'on pouvait être bien comme ça.

— Peut-être qu'elle va passer le reste de sa vie à vouloir être «bien comme ça».

— J'espère, dit-elle. Tu es gentil d'avoir dit ça.

Elle se tait. Elle a l'air de toujours penser à quelque chose de précis.

— Il y a une sœur à Saint-Nicolas, dit-elle.

— Bien sûr, dis-je, un peu inquiet.

— Elle est très jolie. Elle s'appelle Sœur Claire.

— Hein?

— Tu la connais?

— Pas exactement, mais...

— C'est un beau nom, dit-elle. Ça ne te fait pas penser à une source?

— Bien sûr.

— Tu dis toujours «bien sûr» et tu as une voix qui est triste. Tu n'es pas bien?

— Je suis bien.

C'est vrai et pas vrai. Je suis bien à cause de cette chaleur qui monte de l'enfance comme un grand feu de cheminée; je suis inquiet à cause de cette histoire trouble de douceur et de mort et à cause du reflux et aussi à cause de cette Sœur Claire. Il ne m'est pas donné de comprendre, mais seulement de marcher dans le noir, guidé par une main qui est jeune et qui...

— Elle est comme toi, dit Charlie, seulement elle est toujours gaie et toi, non.

— C'est comme ça et je ne sais pas pourquoi.

— Pourtant tu n'es pas éteint à l'intérieur, dit-elle. Je connais des gens qui le sont.

*

Je sentis une main froide sur mon épaule.

— Hein?

J'étais enfermé dans une cage avec une centaine d'oiseaux exotiques, au Jardin zoologique d'Orsainville, et le docteur Grondin me regardait de l'autre côté du grillage. J'entendais un grondement assourdi.

Je m'éveillai en sursaut.

— Qu'est-ce qu'il y a? dis-je.

— C'est rien. C'est seulement moi.

Élise était assise sur le bord du lit.

— Qu'est-ce qui fait ça? dis-je, encore engourdi de sommeil.

— La pluie, dit-elle. Tu rêvais?

— Il pleut beaucoup?

— Il pleut à verse.

Alors c'était le printemps. La première pluie du printemps. Ça ferait reverdir l'herbe dans le Jardin des Gouverneurs et sur le talus près de la Terrasse. La veille, c'était Pâques; il avait fait un temps superbe, l'air était très doux et nous avions fait une longue promenade tous les trois.

— Il est quelle heure?

— Sept heures.

— Je vais dormir encore, dis-je. J'ai froid.

Je me recouchai et ramenai les couvertures par-dessus ma tête. Puis je me rassis brusquement.

— Qu'est-ce que tu fais avec mon imperméable ?

— Écoute...

— Je vais t'en acheter un exactement comme le mien, avec des revers larges, des pattes sur les épaules et des attaches aux poignets. Chez J. M. Clément, rue Saint-Jean. C'est le seul endroit où tu peux avoir des imperméables d'importation anglaise. Maintenant je vais dormir.

Et je m'enfouis à nouveau la tête sous les couvertures.

— Écoute-moi un peu.

— Quoi ?

— Je vais partir, dit Élise doucement.

— C'est congé aujourd'hui. Lundi de Pâques.

Elle insista :

— Écoute, Noël...

— Hein ?

Au fond, ça ne me déplaisait pas qu'on m'éveille : il était tôt, je pouvais dormir encore ; c'était agréable à penser. La voix d'Élise, entendue sous les couvertures, était lointaine et un peu mélancolique. Elle dit :

— Tu ne comprends pas.

— Tu ne vas pas sortir avec une pluie pareille !

Je me demandais si elle trouvait ma voix changée aussi.

— Alors prends un parapluie et demande à Bill de t'accompagner, dis-je.

— Tu ne comprends pas.

— Ça fait deux fois que tu dis ça.

Je me recroquevillai, genoux au menton, tête courbée, mains entre les cuisses ; depuis l'opération, je dormais replié comme un fœtus. Les meilleurs rêveurs, ce sont les chats; dans mon enfance, il y avait toujours des chats; c'était à la campagne; Jimmy se levait avec le soleil, marchait sur la grève, venait s'asseoir sur le gros rocher; la marée était haute et un reste de brume se dispersait sur le fleuve.

— Tu dors?

Élise rabaissa les couvertures.

— Tu dors? répéta-t-elle.

J'ouvris les yeux.

— Qu'est-ce que tu fais? dis-je.

— Tu dormais, dit Élise patiemment.

— J'étais sur le rocher.

— Le rocher?

— Tu ne peux pas comprendre, c'est mon histoire. Je t'expliquerai, si tu veux.

Elle regarda sa montre et dit:

— Une autre fois, si tu veux bien.

— Comme tu voudras. Pourquoi m'éveilles-tu?

— Faut que je te parle, dit-elle.

— On devrait laisser rêver les gens. Mais tu peux me parler maintenant. Je ne dormirai plus.

— Non. Lève-toi.

— Pourquoi?

— Je t'en prie, lève-toi sans poser de questions.

— Non. Je suis trop bien. À moins que tu me dises pourquoi.

— Écoute, dit-elle, il y a des choses qu'on ne dit pas à un homme qui est couché tout nu dans un lit.

Je frissonnai et ça me fit penser au *Vieil homme et la mer*: le vieux pêcheur, levé au petit matin, se disait que les frissons allaient le réchauffer; je ne savais pas que ça pouvait réchauffer quelqu'un.

— Alors, passe-moi ma robe de chambre, dis-je.

— Non.

J'étais assis sur le lit, les couvertures sur les jambes, et je la regardais, un peu étonné.

— Tu as dit non ?

— Écoute, dit-elle, habille-toi complètement.

— Pourquoi commences-tu toutes tes phrases en disant : « Écoute » ?

Elle me regarda calmement sans répondre. Elle prit mes vêtements sur la chaise et les déposa sur le pied du lit. Sans me lever, je passai d'abord mon chandail gris et je mis mes lunettes qui étaient sur la table de chevet. La vieille laine sur ma peau me faisait du bien et me réchauffait le cœur.

— Excuse mon impatience. Tu peux commencer tes phrases comme tu voudras. Je retire ce que j'ai dit.

Je repoussai les couvertures. Élise se retourna ostensiblement.

— Pourquoi me tournes-tu le dos ?

— Parce que tu vas passer ton pantalon.

— D'abord c'est pas un pantalon, c'est mes jeans !

D'un même mouvement prolongé, comme le ralenti au cinéma, je levai les jambes en l'air, enfilai les jeans et, pivotant sur mon derrière, je me retrouvai debout près du lit en train de boucler la ceinture de cuir. Ça m'avait demandé un long entraînement et d'habitude Élise prenait plaisir à admirer l'exploit. J'avais gardé toutes sortes d'habitudes anciennes ; je me demandais si tout le monde était comme ça, mais ça m'était assez égal de ne pas le savoir. Je me sentais encore impatient.

Je tapai sur l'épaule d'Élise.

— Objection à ce que je reste nu-pieds ?

Elle regarda mes pieds et fit signe qu'elle n'avait pas d'objection.

— Tu me parles maintenant? dis-je.

— Tu peux passer par là, dit-elle en pointant son doigt vers la salle de bains.

Elle avait encore regardé sa montre.

— Pourquoi regardes-tu l'heure toutes les minutes?

— Je vais t'attendre dans le salon, dit-elle.

— Tu pourrais enlever mon imperméable, non?

Elle haussa les épaules et se dirigea vers le salon. J'entrai dans la salle de bains. Tout en urinant longuement, je me mis à réfléchir à la phrase : regarder *l'heure* toutes les *minutes*; elle clochait quelque part. J'actionnai la chasse d'eau.

Je montai sur la balance et je regardai entre mes pieds : cent dix livres; quatre poteaux et le renvoi d'eau, j'étais maigre comme un clou. La toilette cessa son vacarme et de nouveau j'entendis la pluie : une armée de Lilliputiens dansaient sur le toit. Je distinguais, par moments, le pépiement des moineaux. J'ouvris la fenêtre. Elle était juste assez grande pour laisser passer quelqu'un, et dehors une petite échelle de fer grimpait sur le toit.

Je me lavai la figure, je commençai à me raser et deux choses me tracassaient : les bouteilles et les flacons qui encombraient d'habitude le réservoir de la toilette avaient disparu et puis toute la maison devait entendre le bruit de mon maudit Remington. Les gens nés sous le signe de la Balance pensent souvent à deux choses en même temps.

Je remis le rasoir dans sa boîte. Avec cette pluie, fini le ski de printemps. Je ne disais pas ça pour moi; je pensais à Élise et à Bill qui allaient au lac Beauport toutes les fins de semaine. Mais peut-être qu'il neigeait encore dans les Laurentides. Son poignet était tout à fait guéri, le joueur de hockey. Il allait bientôt retourner à Philadelphie pour les éliminatoires. Les Flyers l'avaient rappelé. Ils avaient fini la saison au deuxième rang. Évidemment, ils avaient deux bons gardiens de but. Ce qui leur manquait, c'était un ou deux bons compteurs. Faudrait que j'en parle à Bill, qu'il le suggère à son pilote : échanger un de leurs gardiens contre un bon compteur.

Je faisais un truc. Vous fermez les yeux, vous approchez votre visage à quelques pouces du miroir, puis vous ouvrez les yeux brusquement ; ou encore, le dos tourné, vous reculez vers le miroir et vous vous retournez tout d'un coup : avec de la chance, vous entrevoyez durant deux secondes l'autre visage. J'avais vu Nana Mouskouri, ou quelque chose comme ça. Peut-être à cause des lunettes et des cheveux qui me traînaient dans le cou. Ou une autre raison. Et j'avais vu Jimmy. J'avais essayé de voir Bill ; évidemment, vous ne voyez pas ce que vous voulez. Je répétai le truc de différentes façons, mais ça ne donnait rien.

Ce que j'avais dans la tête, en sortant de la salle de bains, c'était *High Noon*. La chanson du film. C'est un vieil air qu'on est porté à aimer. Si j'avais eu une maison, j'aurais acheté un vieux juke-box ; je l'aurais installé au sous-sol. Je n'avais pas envie d'entrer dans le salon. Pas beaucoup d'objets que j'aimais autant que les juke-boxes. Même les sculptures. Évidemment je faisais une exception pour *La cathédrale* de Rodin. Je pensais à ces choses stupides, ça m'empêchait de réfléchir. Une chose que je n'aimais pas dans les juke-boxes, c'était le hit-parade ; la plupart des chansons ne valaient pas le coup, même s'il y en avait parfois de très belles. Mon juke-box, je l'aurais rempli avec les chansons de Léo Ferré. Je n'avais pas envie d'entrer dans le salon parce que je commençais à comprendre. C'est Léo Ferré qui avait écrit les plus belles. Ou plutôt je commençais à admettre que j'avais compris. Celle que j'aimais le plus, c'était : *La mélancolie*. Avec cette pluie sur le toit, j'avais le cœur un peu serré. Léo Ferré disait de la mélancolie : «C'est un désespoir qui n'a pas les moyens». Je poussai la porte du salon.

Des valises de voyage. Il y en avait cinq. Quatre que je connaissais et une autre. Elles étaient rangées près de l'entrée. Élise et le joueur de hockey étaient assis à chaque bout du canapé.

Je fis un signe de tête discret à Élise pour lui indiquer que j'avais tout compris et je vis s'abaisser imperceptiblement le coin de ses lèvres; il fallait être très attentif pour voir que c'était un sourire. C'était vide en moi, excepté la place de l'oiseau blessé et il y avait beaucoup d'espace pour faire entrer ce qui se passait à l'extérieur. Un mégot de Gitane fumait dans le cendrier. La pluie tambourinait contre la fenêtre : alors le vent était nordet, le printemps n'était pas vraiment arrivé, on risquait d'avoir encore de la neige; on croit qu'une chose finit et ce n'est pas vrai.

Je m'assis dans le fauteuil en face d'eux et je ramenai mes pieds nus sous moi. Je ne me sentais pas vraiment triste; un peu mélancolique, seulement, à cause des valises, de la pluie et de cette crainte, imprécise encore, d'avoir à vivre tout seul. Le silence s'alourdissait, alors je dis :

— Vous prenez l'autobus à la Gare Centrale?

Ils se mirent à me regarder de façon bizarre. Je finis par comprendre : c'était ma voix; le matin, la première fois que je voulais parler à plusieurs personnes, j'avais une voix tout embrumée et les gens n'entendaient qu'une espèce de grognement. Je m'éclaircis la voix à fond et je répétai la phrase.

— On prend le train, dit Élise.

Elle eut l'air soulagée et Bill cessa de fixer ses souliers. Elle se tourna vers lui :

— C'est à huit heures et demie, non?

Il fit signe que oui en inclinant la tête plusieurs fois.

— Tu n'as pas déjeuné? me demanda Élise.

— Non.

Ça lui faisait du bien de parler. Elle savait bien que je n'avais pas eu le temps de manger.

— Tu veux que je te prépare quelque chose?

— Peut-être un jus d'oranges, si tu veux bien.

— Évidemment, dit-elle.

Elle n'avait pas regardé sa montre ni le coucou. Elle se leva et je fermai les yeux pour imaginer ce qu'elle faisait : elle ouvrait le frigo, prenait deux oranges, refermait la porte, sortait de l'armoire le presse-jus en plastique bleu...

— AVEC DU SUCRE ? cria-t-elle.

— S'IL TE PLAÎT !

L'espace de quelques secondes, je me sentis submergé par une vague de tristesse, à cause de cette stupide question de sucre, puis la vague passa et le calme revint. Élise sortit de la cuisine et me tendit le verre.

— Merci beaucoup, dis-je.

Il était plein. Elle avait pris trois oranges. Le sucre commençait à se déposer dans le fond; il ne se dissout jamais bien dans un vrai jus d'oranges. Je dis tout bas à Élise :

— Peut-être qu'il prendrait un café ou une bière?

Elle regarda Bill. Il avait entendu et s'était mis à sourire.

— Peut-être du café, dit-il.

— D'accord.

Elle retourna à la cuisine. J'entendis des bruits de vaisselle et, au bout de quelques minutes, elle revint avec une tasse de café fumant.

— Merci bien, dit-il.

— Prends garde de te brûler.

— Merci.

Il avait les yeux d'un chien à qui l'on donne un os. Il but une gorgée et grimaça.

— C'est chaud? dis-je.

— Très chaud, avoua-t-il d'un air penaud.

— Vous buvez trop vite.

— Ça va mal, ce matin.

— Il a fait une indigestion, expliqua Élise.

— Comment ça?

— Je ne sais pas ce que j'ai, dit-il. C'est comme avant une partie de hockey. Ça m'arrive souvent de faire une indigestion juste avant de sauter sur la glace.

— La nervosité, dis-je. Il y a plusieurs bons joueurs qui sont comme ça.

— Oui?

— Glen Hall, par exemple. Ça lui arrive souvent.

— Ça me fait du bien de vous entendre dire ça. Je n'osais pas en parler.

— Il y a aussi Ralph Backstrom, mais je ne peux pas le jurer. En tout cas, c'est le plus nerveux des joueurs du Canadien.

— C'est vrai?

— Et aussitôt qu'il saute sur la patinoire, tout redevient normal.

— Moi aussi.

Il but une autre gorgée, prudemment, et il dit :

— Vous en savez plus long que moi sur le hockey !

— Ce sont des connaissances théoriques, dis-je avec le sentiment que la phrase était déplacée.

Élise me regardait avec une sorte de chaleur dans les yeux et elle ne pensait pas du tout à regarder l'heure.

— Vous n'avez jamais joué ? demanda Bill.

— Si, dis-je. Au collège.

— Quelle position ?

— Défense droite.

— Vous n'étiez pas un peu trop... léger pour une défense ?

— La première fois que j'ai voulu bousculer un joueur dans la bande, j'ai eu mal à l'épaule pendant un mois !

— Séparation de l'épaule ?

— Quelque chose comme ça.

Quand on écrit, on a toujours l'impression d'être en dehors de tout ; pour se sentir dans le coup on se raconte des histoires. Dans mon enfance, la servante s'appelait Marie-Ange, elle était aussi douce que son nom et nous racontait, pour nous endormir, des histoires extraordinaires et très anciennes, comme les nombreuses aventures de Petit Jean et des Géants.

— À quoi pensez-vous ? dit le joueur de hockey.

— Rien d'important, dis-je.

— Excusez-moi.

Il regarda Élise et, pendant quelques secondes, ils eurent l'air de se parler en silence de cette façon. Je les laissai faire un peu, puis je dis :

— Vous allez jouer dans les éliminatoires ?

— C'est pas sûr. Ils m'ont rappelé au cas où il y aurait des blessures.

— Il y a des joueurs blessés ?

— Pas encore.

L'envie de parler hockey me quitta subitement, je bus d'un trait ce qui restait de jus d'oranges, en maintenant le verre pour que le sucre glisse sur ma langue. Je pensais, à ce moment précis, au frère de Van Gogh, et je me disais que j'aurais pu avoir un frère Théo ou quelqu'un comme ça. Élise et moi, on ne s'était jamais parlé pour vrai. Tout à coup, je m'entendis lui dire :

— Tu avais dit que tu allais m'attendre...

— Hein ? fit-elle.

Je repris, plus doucement :

— Tu n'avais pas dit que tu m'attendrais à la sortie ?

Elle avait l'air de chercher. Encore une fois, j'avais envie d'être dans sa peau pour savoir comment elle voyait les choses.

— Quelle sortie ? demanda Bill.

Elle continuait de chercher. Je ne disais rien. Personne ne lui répondit.

— Excusez-moi, dit-il.

— Ce n'est pas grave, dis-je devant son air confus.

— Je me souviens, dit Élise. Le voyage au pôle nord.

— Le pôle intérieur de soi-même, dis-je.

— Ah oui ! La belle phrase d'André Malraux.

Je décroisai mes jambes et je posai mes pieds nus sur le tapis.

— C'était André Breton, dis-je, un peu impatient.

— C'est vrai. Excuse-moi, tu sais bien que je suis nulle en littérature.

Ça me donna un coup, ce qu'elle venait de dire. À son anniversaire, je lui avais donné *L'arrache-cœur*. J'avais aussi acheté *L'attrape-cœur* pour le lire en même temps. On avait lu lentement et pris le temps d'en parler. Puis on avait échangé les livres. À la fin, on avait l'impression que Boris Vian et Salinger se connaissaient.

J'attendis une minute, ensuite je dis :

— On avait dit que je faisais un bout de chemin tout seul et que tu m'attendrais à la sortie.

— Je me souviens, dit-elle. Maintenant je me souviens très bien.

Sa figure s'éclaira.

— Je suis très content que tu t'en souviennes, dis-je.

— Je suis très contente aussi, dit-elle.

Bill sourit, sans comprendre. Le clapotis de la pluie sur le toit s'était adouci. Je me demandais encore s'il neigeait dans les Laurentides. Élise regarda sa montre et se leva. Le joueur de hockey se leva aussi et il termina sa tasse de café debout. J'allai m'asseoir sur l'appui de la fenêtre en demi-lune.

Élise s'avança près de moi. Elle regarda dehors.

— Il pleut toujours ? dit-elle.

— Il pleut toujours.

Alors elle se rendit au téléphone et appela un taxi.

Un vingt-cinq décembre au matin, quand j'étais petit, j'avais trouvé mon chat tout raide sous l'arbre de Noël et il était mort. C'était un chat noir, un petit chat, mais il paraissait plus grand parce qu'il était raide; il entrait tout juste dans la boîte à souliers où on l'avait mis pour aller l'enterrer quelque part. Je cherchai dans mes souvenirs. Peut-être derrière la maison, où il y avait un jardin abandonné. Je ne pus me rappeler exactement où on l'avait enterré.

*

La Baleine bleue respire fort dans mon cou et je commence à comprendre des choses : les oiseaux, l'histoire de Jimmy, les questions du docteur Grondin ; seulement, le temps s'est mis à aller plus vite.

Charlie glisse un genou entre mes jambes, soulève un peu sa tête et, à demi penchée sur moi, commence par humecter le tour de mes lèvres avec la pointe de sa langue ; elle m'embrasse lentement et à petits coups, comme on goûte à quelque chose. Je suis bien et chaud partout en dedans et je voudrais que le temps s'arrête.

— Tu peux m'embrasser aussi, dit-elle à la fin.

Je l'embrasse à mon tour, sur les yeux, je la tiens fortement serrée contre moi et je respire aussi fort qu'elle. Elle est fragile, frémissante de partout, c'est émouvant qu'elle soit là et presque insoutenable qu'elle soit si près.

L'idée du reflux m'effleure une seconde, puis elle s'en va d'elle-même et je recommence à me sentir bien et chaud à l'intérieur. Charlie murmure :

— Je suis bien, avec toi. Tu es bien aussi ?

— Je suis bien.

— Près de la maison chez nous, il y avait une balançoire sous un grand saule. Les câbles étaient attachés à la première branche, qui se courbait ensuite pour descendre jusqu'à terre. Tu peux voir ça ?

— Oui, je peux.

— Et je peux te dire une chose ?

— Oui.

111

— Tout à l'heure, il faudra aller à Saint-Nicolas.

— Je sais, dis-je un peu tristement.

— À cause de Simon et de tout ce que tu cherches.

— Je le savais depuis que vous avez parlé de Sœur Claire.

— Tu comprends, je ne serai pas toujours là.

— Je comprends.

— Et il faut aller au bout des choses, ajoute-t-elle.

— Bien sûr, dis-je, en pensant à la chanson qui dit : «Il me reste si peu de temps pour aller au bout de moi-même». Ce sont des paroles d'Aragon, et Léo Ferré les chante avec son cœur.

— Ça ne presse pas tout de suite, dit Charlie.

— Je veux rester encore un peu.

Par-dessous le chandail, je ramène mes deux mains sur la poitrine de Charlie, dans le petit creux qui est là.

— C'est pour la chaleur, dis-je.

— Bien sûr, dit-elle en appuyant son front contre le mien.

— C'est tout petit, par ici.

— J'ai toujours voulu être un garçon.

— Vous croyez que c'est important, les histoires de sexe et tout ça ? dis-je.

— Je pense que non.

— Pourquoi ?

— La vie est trop grande, dit-elle.

Elle fait un geste large, puis replace ses bras autour de mon cou et soudainement me serre jusqu'à m'étouffer.

— Tu sais quoi ? fait-elle.

— Quoi ?

— En ce moment, je suis amoureuse de toi.

Je ne dis rien. Ça me donne un coup et ça m'empêche de parler.

— Pourtant, dit-elle, je n'ai plus de cœur.

— Non?

— Je l'ai donné à quelqu'un.

— Hein?

— Je l'ai donné à Simon.

Elle éloigne sa tête, me regarde:

— Ça ne va pas?

— C'est rien, dis-je. Je pensais à une chose et c'est fini maintenant.

— Et toi? dit-elle.

— Quoi?

— Tu es amoureux de moi?

— Je ne suis pas sûr mais je pense que oui.

— Mais seulement en ce moment? insiste-t-elle.

— Mais oui, ne soyez pas inquiète.

— Comme ça, on reste libres.

— Bien sûr.

— Et qu'est-ce que tu ferais avec une Baleine bleue comme moi?

— C'est vrai, dis-je un peu tristement.

— Pourquoi es-tu si doux? demande-t-elle en fermant ses yeux noirs.

— Ne dites pas ça, dis-je. Ne dites pas ça.

Je ferme les yeux aussi.

On a dormi quelques instants, ses bras noués autour de mon cou, mes mains nichées au creux de sa poitrine.

Avant de s'endormir, elle a parlé d'un sentier qui descendait la falaise entre le village de Saint-Nicolas et la grève, et j'ai senti qu'il allait bien dans mon histoire.

Alors j'ai compris que la douceur était le sentier qui menait à la mort et aussi que la mort était comme un fleuve. Les mots ont certainement une âme. J'ai eu mal au cœur, une brusque envie de vomir. Je me suis demandé si le reflux avait commencé, tout doucement, sans que je le sache. Je ne réfléchis pas beaucoup, presque jamais ; les mots cheminent en moi et finissent par déboucher sur la lumière. Encore une chose que j'ai compris : la douceur la plus grande, c'est la mort. Ensuite on a dormi ensemble, comme j'ai dit.

Puis, je me suis énervé.

Je veux dire : c'était une femme, j'étais excité, elle était dans mes bras, la chaleur débordait, on roulait d'un côté et de l'autre, on respirait comme deux baleines bleues.

Tout à coup Charlie se redresse, s'assoit sur ses talons.

— On a réveillé le chat, dit-elle.

— Hein ?

— On a réveillé le chat.

— Mais...

— Qu'est-ce que ça fait. C'est comme s'il y avait un chat. On ne devrait jamais s'énerver et réveiller le chat.

— Bien sûr.

Elle se penche et fourre son nez dans mon vieux chandail gris :

— Ça sent comme sous l'écorce d'un arbre.

Elle se redresse encore et dit :

— Il y a un chat à Saint-Nicolas. Simon l'appelle Chanoine.

— On peut y aller maintenant, si vous voulez, dis-je en m'asseyant près d'elle sur le canapé.

— Si le *cœur* vous en dit, exige-t-elle.

— Si le cœur vous en dit...

— Une cigarette et on s'en va. Seulement une pour nous deux.

La cigarette est un peu écrasée; je l'allume, tire une longue bouffée et je la lui donne.

— C'est un petit chat noir, dit-elle.

— Bien sûr. Et la maison, c'est comme une maison d'enfants?

— Il ne faut pas en parler maintenant.

— Et elle est cachée derrière une rangée d'arbres au fond d'un jardin?

— Tu verras bien.

— Et sur la batture, il y a des cages pour pêcher l'anguille? Et un gros rocher qui s'avance sur la grève?

— Tu as une drôle de voix, dit-elle.

— Et c'est là que Sœur Claire vient s'asseoir avec son costume blanc qui descend jusqu'à terre?

Elle ne dit plus rien. Je pense à un vieux film américain, *River of No Return,* avec Marilyn Monroe; je revois l'homme, la femme et l'enfant sur un grand radeau emporté par le cours rapide du fleuve. Quand vous voyagez à l'intérieur de vous-même, les courants vous entraînent fatalement vers votre enfance et, parmi les paysages anciens de la mémoire, vous risquez fort de retrouver des souvenirs qui vous feront perdre le chemin du retour. C'est difficile de dire pourquoi, alors je me tais et Charlie, comme par respect, ne parle pas non plus.

*

Je tirai la porte et jetai un coup d'œil à l'intérieur du Buade : ma place était libre. Je poussai la seconde porte du restaurant.

Je me dirigeais rapidement du côté droit quand le gérant, surgissant de l'arrière du comptoir, me bloqua le passage.

— Monsieur ? dit-il.

Les bras croisés, il serrait contre sa poitrine une pile de menus. Je suivis son regard désapprobateur qui passait en revue mes mocassins, mes jeans, mon vieux chandail et mes cheveux longs.

— Monsieur ? répéta-t-il sèchement. Par ici.

Il m'entraîna dans l'allée de gauche et s'arrêta près d'une petite table individuelle où il déposa un menu.

— Voilà, monsieur, dit-il.

Les yeux fixés au sol, je bredouillai que j'attendais quelqu'un.

— Ah ! Monsieur attend quelqu'un... ?

Il disait : « Monsieur » en accentuant la première syllabe. Il commençait à ne pas m'aimer beaucoup. Je tournai brusquement les talons et me dirigeai, par l'allée de droite, à ma place habituelle.

À part le Buade, je connaissais aussi le Wong's, qui était moins cher ; le restaurant Aux Délices, un peu plus loin ; le Granada, au pied de la côte de la Fabrique, presque toujours désert ; La Cloche d'Or, rue Saint-Jean, où flottait une curieuse odeur de bois pourri ; l'ancien George's Grill, rue Saint-Louis, laid depuis toujours ; et le snack-bar Alouette, pour les gens pressés. Mais je préférais le Buade à cause de la vieille Marie.

Elle s'avança vers moi.

— Bonjour monsieur, dit-elle.

— Bonjour mademoiselle.

On se disait vous, et quand je l'appelais «mademoiselle», ça me faisait toujours penser à une libellule; une très vieille histoire. La vieille Marie était petite, rousse et avec des taches de rousseur plein la figure, et elle disait qu'elle avait l'âge du Vieux-Québec.

— Excusez-moi, mademoiselle, dis-je. J'attends quelqu'un.

— Bien sûr, monsieur, dit Marie avec cette drôle de voix tout aussi rouillée que son visage.

Elle me donna un menu et posa le second sur la petite nappe, de l'autre côté de la table. Elle tira de la poche de son tablier un livret, puis un crayon jaune dont elle mit la pointe dans sa bouche. Je fis semblant de consulter le menu du jour, en haut de la carte, et au bout d'une minute je dis :

— Je crois bien que je vais attendre.

— Si vous le désirez.

— Ça ne devrait pas être long.

— Voulez-vous un apéritif?

— Non, merci.

— Je peux vous tenir compagnie.

— Vous êtes très gentille. Vaut mieux pas, à cause du gérant.

— C'est vrai. Alors je vais revenir tout à l'heure.

Il fallait dire les mêmes mots chaque fois, ne pas se tromper et si chacun jouait bien son rôle, la chance était avec nous pour un bout de temps. C'était une sorte de cérémonie, comme dans une famille.

Marie ne souriait jamais ; simplement, elle n'avait pas pris l'habitude : tout se passait dans ses yeux, quand on se donnait la peine de regarder. Mais elle avait une autre habitude : elle écrivait des choses sur les nappes. Un soir que la chance ne venait pas, elle s'était penchée sur la petite nappe blanche à la place d'Élise, elle avait écrit quelque chose et s'en était allée à la cuisine ; j'avais pu lire :

Ça n'a pas de sexe, ça n'a pas d'âge
Ça ressemble parfois à un chat
C'est le contraire du mépris
Ça s'appelle la tendresse

La vieille Marie était complice de tous les habitués du Buade, ceux qui arrivaient à heure fixe et occupaient toujours les mêmes places. Mais il y avait aussi les Américains. Ce n'était pas tout à fait l'été et déjà ils envahissaient le Vieux-Québec. Quand ils s'amenaient, on commençait à se sentir seul et Marie les servait en silence.

Elle était revenue.

Elle attendait, livret et crayon à la main, et ses yeux m'interrogeaient.

— Je ne suis pas prêt, dis-je.

— Elle ne vient pas ?

— Je n'ai pas réussi. Elle est en retard.

— C'est à cause des Américains, dit Marie. Avec les Américains, on se sent seul.

— C'est justement ce que je me disais, mais je pense qu'il y a une autre raison.

— Vous pensez ?

— Oui. À la longue ça devient plus difficile. Je commence à me demander si j'ai assez de respect pour le temps.

— C'est une bonne question, admit Marie. Ça demande réflexion.

Elle mit la pointe du crayon dans sa bouche.

— Je vais essayer encore un peu, dis-je.

— Prenez tout votre temps.

— Le gérant ne s'impatiente pas ?

— Non. Je m'occupe de lui.

— Vous êtes vraiment gentille.

Ses yeux se mirent à briller.

— Voulez-vous que j'écrive quelque chose pour vous aider ?

— Je vais essayer tout seul encore un peu.

— Fermez les yeux, dit-elle.

Elle s'éloigna. Je fermai les yeux pour oublier les Américains. Je voyais les murs du Vieux-Québec. Dans la rue des Remparts, à la hauteur de l'ancien Grand Séminaire, sur le mur gris, on avait écrit, une fois en rouge et une fois en noir : RÉVOLUTION. J'aimais que les gens écrivent sur les murs, sur les maisons, sur les trottoirs, dans la rue, partout. De toute façon j'aimais les mots. Ce qui m'échappait, c'était les rapports entre les choses. Léo Ferré disait que les poètes écrivaient leur révolte avec des pattes d'oiseau ; dans ma poitrine vivait cette chose nouvelle que Saint-Denys Garneau décrivait comme un oiseau ; Goethe disait que les idées avaient des pattes de colombe. Sans pouvoir comprendre, je devinais que les poètes nous laissaient parfois derrière eux, sur une route faiblement éclairée, comme celle que j'avais empruntée pour écrire mon histoire et qui menait infailliblement au rejet et à...

Je n'entendais plus les Américains.

— Ça va mieux maintenant ? demanda la voix rauque de la vieille Marie.

— Oui, dis-je, courageusement.

— La chance est arrivée ?

— Je pense que oui.

J'ouvris les yeux.

— Je crois que ça peut aller, dis-je.

— Je vais vous aider, dit Marie.

— Bien sûr.

Je ne pouvais rien sans la vieille Marie ; je le lui aurais dit pour lui réchauffer le cœur, un jour de cafard.

Elle demanda :

— Qu'est-ce que vous allez prendre ?

— Un instant, dis-je.

C'était le moment critique.

— La même chose qu'Élise ? proposa Marie.

— Oui.

— Alors deux soupes aux pois, dit-elle en écrivant sur son livret, et deux omelettes espagnoles.

Et tout de suite elle ajouta :

— Bien sûr, des frites pour madame. Et monsieur ?

— Pommes de terre en purée, dis-je presque joyeusement.

— Pommes de terre en purée pour monsieur, inscrivit Marie, qui avait le visage impassible et les yeux brillants.

Elle recueillit les deux cartes de menus.

— Merci, dit-elle.

Elle disait toujours merci, comme si on venait de lui faire une faveur et c'était agréable d'entendre sa drôle de voix qui lui grattait la gorge. Elle reprit le chemin de la cuisine.

Élise enlevait ses souliers ; l'été, elle le faisait partout. Il y avait des gens qui n'aimaient pas trop voir ça, surtout au restaurant, mais moi je la laissais faire. À vrai dire, j'avais probablement posé mon mocassin sur un des pieds de la table, et non sur le pied d'Élise, et je m'étais excusé pour dire quelque chose.

— Qu'est-ce qu'il y a ? demanda Marie, qui était revenue et tenait dans ses mains, comme une équilibriste, les deux plats de soupe, la corbeille de pain et de biscuits et les deux soucoupes avec les carrés de beurre.

— Je lui ai écrasé un pied, dis-je.

— Elle n'a pas l'air fâchée.

— Elle est très douce.

— Vous êtes très doux aussi. C'est ce que je préfère en vous.

— Vous me faites penser à une chanson...

Elle posa les plats sur la table en commençant par Élise. Elle déposait les choses avec une telle précision qu'on n'avait jamais besoin de les remettre à notre portée. Toutefois, il y avait des gens qui replaçaient les choses simplement pour en prendre possession, je comprenais ça. Élise et moi, on n'y retouchait jamais et c'est ce que Marie préférait même si elle ne le disait pas.

— ... une chanson de Guy Béart, dis-je.

Et je fredonnai la chanson. Marie m'aida pour les dernières paroles qui étaient plus difficiles. Un jour, elle avait écrit sur la nappe que les gens les plus importants au monde étaient les musiciens.

À la fin de la chanson, elle dit, en regardant Élise :

— Il a toujours une chanson dans la tête.

— Je ne suis pas vraiment doux, dis-je. C'est seulement mon cœur.

Elles me regardèrent toutes les deux, l'air de ne comprendre rien.

— Je veux dire que ça dépend pas de moi, dis-je pour tâcher d'être un peu plus clair.

— C'est difficile de vivre et d'être heureux, dit Marie un peu brusquement.

— Je suis heureux parce que j'écris et qu'Élise est avec moi, dis-je en regardant tout droit.

— Je vous aime bien, dit Marie.

Elle reprit :

— Je vous aime bien tous les deux. La soupe aux pois va refroidir et les Américains me font des signes. À tout à l'heure.

Je me mis à manger, lentement et sans bruit ; à la première seconde d'inattention, au moindre geste un peu brusque, la chance était capable de me laisser. Je préparai pour Élise des biscuits-soda avec du beurre. Et en même temps je parlais. Elle ne disait rien. Certains jours, elle ne faisait qu'écouter et la vieille Marie, qui lui parlait très doucement, était la seule à lui arracher quelques paroles. Ça ne me faisait rien, je continuais de parler. Je disais :

— C'est pour toi que j'écris.

J'en avais pour un bon moment à parler. Quand on écrit, on a l'air d'être parfaitement égoïste mais au fond on écrit pour quelqu'un. On peut même écrire pour quelqu'un qu'on ne connaît pas. C'était difficile à expliquer, mais j'essayais vraiment.

La vieille Marie vint remplacer la soupe par l'omelette espagnole. Elle plaça devant Élise l'assiette avec les frites, devant moi celle avec les pommes de terre en purée, sans faire le moindre bruit.

J'étais rendu au bout de mon explication. Ce n'était pas tout à fait le bout, à vrai dire, mais le plus loin que j'avais pu me rendre. À simplement regarder Élise, l'examiner même, on ne pouvait dire ce qu'elle en pensait. J'avais encore envie d'être dans sa peau quelques instants, juste pour savoir. Je la laissai réfléchir quelques minutes, puis, en attaquant l'omelette :

— Tu sais quoi ?

Et sans lui laisser le temps de répondre, je poursuivis :

— Quand je dors, j'ai l'impression que tous mes morceaux sont ensemble. Je m'éveille, tout seul dans mon lit, l'impression persiste un peu mais, petit à petit, c'est comme si les morceaux se séparaient.

Elle n'avait pas l'air de me suivre, alors j'essayai de lui expliquer encore. C'était long et en plus je prenais mon temps pour ne pas qu'elle perde le fil ; quand elle perdait le fil, elle cessait de me regarder, avec ses yeux verts et ses drôles de cheveux courts comme un garçon. Marie revint, l'omelette terminée, et nous proposa un dessert ; nous prîmes tous les deux le pudding au chômeur avec un café. Et quand Marie nous apporta ce que nous avions choisi, j'étais loin d'avoir fini l'explication, Élise suivait très bien le fil, c'était comme s'il n'y avait plus d'Américains dans le Vieux-Québec et je me sentais chaud, partout à l'intérieur et même en dessous de la vieille cicatrice.

La vieille Marie apporta les deux factures, glissa la première sous ma soucoupe et la seconde sous celle d'Élise en disant merci chaque fois.

— Ça ne va pas ? dit-elle.

— Non.

— Vous ne tenez pas le coup ?

— J'ai faibli subitement. Je parlais bien, et puis je n'ai plus trouvé les mots. Je veux dire : je ne trouvais plus du tout les mots précis.

— Ça peut arriver à n'importe qui, dit Marie.

— Bien sûr.

— C'est ma faute.

— Mais non.

— Je n'aurais pas dû vous laisser.

— Ne croyez pas ça. J'ai eu un moment de faiblesse.

Elle demanda :

— Vous avez bien mangé ?

— Très bien, dis-je. Ça nous a fait beaucoup de bien.

— Madame n'a pas mangé beaucoup.

— Elle n'a jamais très faim. Pas vrai ?

Élise mit une éternité à répondre. Finalement, elle fit signe que oui ; un petit signe de rien, imperceptible, mais j'étais content qu'elle ait répondu.

Les yeux de Marie recommencèrent à briller.

— Un autre café ? C'est aux frais de la maison.

— Merci, c'est trop gentil. Seulement...

— Seulement quoi ? fit-elle.

— Restez quelques instants avec nous, s'il vous plaît.

— Bien sûr.

Ce qui devait arriver, en sortant du Buade : Élise allait se perdre dans la foule. Vous marchez sur le trottoir et vous la surveillez du coin de l'œil ; vous vous arrêtez une seconde devant les vitrines de la Librairie Garneau pour jeter un coup d'œil à l'album de Jean-Paul Lemieux et, saisi d'un pressentiment, tout d'un coup vous vous retournez : Élise est partie. Alors vous courez le long de la rue Buade, puis parmi les artistes de la rue du Trésor, sur la Place d'Armes avec sa fontaine et ses calèches et jusque sur la Terrasse en regardant de tous les côtés ; vous pouvez monter le grand escalier, parcourir la promenade des Gouverneurs jusqu'à la Citadelle qui est située au début des Plaines, si le cœur vous en dit. Vous pourriez aller au bout du monde...

— À quoi pensez-vous ? demanda la vieille Marie avec cette voix rauque qui surprenait toujours.

— Au bout du monde, dis-je en toute honnêteté.

— Votre livre, ça va? enchaîna-t-elle.

— Oui. Je n'écris pas, mais je travaille beaucoup. Ça va.

— Ce qui compte, c'est le travail.

— Je n'aime pas le travail, dis-je. Mais ça permet de faire du chemin en dedans.

— Bien sûr.

Elle disait souvent «bien sûr». J'avais toujours aimé les gens qui disaient ça.

Elle dit, en hésitant :

— Si vous avez besoin...

— J'en ai encore un peu, dis-je. Assez pour me rendre à la fin de l'été.

— Et après?

— Vous connaissez la chanson : *Il n'y a plus d'après*?

— Bien sûr. J'aime bien quand c'est Yves Montand qui la chante.

— Vous êtes une vieille sentimentale, dis-je, et vous me réchauffez le cœur.

— Je suis une vieille femme et une vieille folle, dit-elle.

— C'est vrai.

Je me mis à rire tout doucement. Elle ne riait pas mais ses yeux étaient tout plissés.

— J'aime bien les vieilles femmes, dis-je. C'est à cause de la chaleur humaine et de la douceur.

— Vous êtes un vrai maniaque de la chaleur humaine et un vrai maniaque de la douceur, dit-elle.

— C'est vrai.

— Pourtant je vous aime bien.

Elle avança la main et se mit à me caresser les cheveux sur la nuque.

— J'aime beaucoup vos cheveux.

125

— Parce qu'ils sont longs ?

— Longs et doux. J'espère qu'Élise n'est pas jalouse.

— Elle ne l'est pas. Pas assez.

Élise ne disait rien.

— J'aime bien les sentir bouger dans mon cou quand je tourne la tête, dis-je.

— Je comprends, dit-elle en continuant de jouer avec mes cheveux.

— En même temps ça m'inquiète un peu.

— Ce que vous êtes au fond de vous-même, c'est plus solide que vos émotions et vos idées.

— Merci, dis-je.

Elle regarda Élise et tourna vers moi son visage ridé. Il y avait dans ses yeux la même expression que dans les yeux d'épagneul du docteur Grondin.

— Je vais vous aider à tenir le coup, dit-elle finalement.

Puis elle ajouta, après un silence :

— Vraiment, vous ne voulez pas un autre café ?

— Merci. Je pense qu'Élise voudrait partir maintenant.

Elle jeta un coup d'œil à Élise et retira sa main.

— Comme vous voudrez.

— Allez-vous venir chez nous ce soir ?

— Je travaille toute la soirée, mais peut-être que...

Elle hésitait.

— Le soir, dis-je, j'ai un peu de difficulté.

— Je comprends.

— C'est plus difficile de tenir le coup quand il fait noir.

— Bien sûr.

Elle réfléchit un instant et dit :

— Allez au cinéma. J'irai chez vous ensuite.

— Quel film?

— Allez au cinéma Empire, dit-elle. *Les oiseaux vont mourir au Pérou*. Si Élise est d'accord, bien entendu...

Élise avait un sourire mystérieux.

Je n'avais jamais expliqué à la vieille Marie comment Élise se perdait dans la foule en sortant du Buade; ça ne sert à rien de rendre les gens malheureux.

— Ça peut aller, dis-je pour ne pas compliquer les choses. Mais pourquoi l'Empire?

— À cause des oiseaux, évidemment.

— Vous pensez aussi au poème de Saint-Denys Garneau?

— Bien sûr.

— Alors je commence à comprendre.

Elle ne le disait pas, mais elle avait l'air de penser que ce n'était pas trop tôt.

— Ça va, maintenant? demanda-t-elle.

— Oui. Nous allons partir.

— Avez-vous besoin que j'écrive quelque chose sur la nappe?

— Non, merci bien. Nous partons.

— Bonne chance et à ce soir.

— À ce soir.

J'attendis qu'Élise se lève et je laissai un pourboire. Elle marchait devant moi. À la caisse, je mis les factures sur le comptoir; le gérant les examina comme si elles contenaient un message en code et il me regarda droit dans les yeux en me remettant la monnaie. Je tirai la première porte pour laisser passer Élise, et je poussai la seconde qui donnait sur la rue. Une vieille Américaine entra et dit: « *Thank you* ».

Sur le trottoir, je laissai Élise choisir, elle prit à gauche et je me mis à marcher à côté d'elle en accordant mon pas au sien. Sa main droite reposait au creux de mon coude. Des gens se retournaient sur notre passage. Le ciel était gris ardoise et doux pour les yeux. On entendait des pigeons roucouler quelque part sur le toit de la vieille Basilique. Devant la deuxième vitrine chez Garneau, je jetai un coup d'œil du côté de l'album de Jean-Paul Lemieux. C'était plus fort que moi.

*

Finalement, Charlie me remet la cigarette.

— Je suis prête pour Saint-Nicolas, dit-elle. Fume la dernière bouffée.

— Encore une minute, dis-je.

Je prends la cigarette, je m'assois à ma table de travail près de la fenêtre et j'ouvre ma tablette de correspondance.

— Qu'est-ce que tu fais?

— Je vais laisser un mot à la vieille Marie.

— C'est une vieille amie?

— Très vieille amie, dis-je.

— Alors écris doucement et prends tout ton temps.

— Vous pouvez regarder les bateaux, si le cœur vous en dit.

— J'aime mieux te regarder écrire, si tu veux bien.

— Bien sûr.

Elle prend place en face de moi, de l'autre côté de la table, entre le petit Robert et le dictionnaire étymologique. Elle allume pour moi la lampe extensible qui me fait toujours penser à un long bras avec des os et des muscles et une main lumineuse au bout, puis croise ses bras sur la table et pose son menton sur ses poignets.

— Je suis capable de lire à l'envers, dit-elle, mais je ne veux pas voir. Je veux seulement te regarder écrire.

— Bien sûr.

— Mais écris doucement, si c'est une très vieille amie, dit-elle encore.

J'écris en haut de la page :

«Chère vieille Marie, mon vieux camarade,»

Je réfléchis un peu et je poursuis :

«Avant de partir, je laisserai la lampe allumée : vous vous sentirez moins seule quand vous viendrez. Merci de m'avoir fait comprendre l'importance des oiseaux; j'aimerais le dire de vive voix mais je n'ai plus le temps : tout s'est mis à aller très vite, le reflux est commencé et pourtant il reste tellement de choses à faire. Quand vous reverrez Élise, dites-lui que j'arrive à la fin du voyage et qu'elle peut encore m'attendre à la sortie.

«Vous trouverez, en ouvrant le tiroir, le manuscrit d'une histoire inachevée. Ça me réchaufferait le cœur de penser que vous l'avez lue. Je n'ai pas indiqué le titre, mais ça s'appelle *Le solide buveur de Nestlé Quick*. Ensuite, vous la brûlerez pour ne pas qu'elle tombe en d'autres mains.

«Je voudrais que vous preniez soin de ma peinture; elle serait en sécurité chez vous. Avec la grande photo d'Hemingway. Il y a aussi les disques de Léo Ferré; vous pouvez laisser les autres si vous voulez. Les livres, il faut que je vous demande de les emporter tous; c'est beaucoup, mais j'essaie d'être honnête avec moi-même. Je vais bientôt connaître quelqu'un qui s'appelle Simon. Il pourrait vous aider; il a tout ce qu'il faut pour le transport et je lui en parlerai.»

Charlie ne dit plus rien, alors je poursuis :

«Ma vieille Marie, tout s'est mis à aller si vite, comme je vous disais, et je n'ai pas l'âme en paix. C'est difficile à expliquer; il y a des choses qui n'ont l'air de rien et puis... Je sais que je vais vous compliquer la vie. Je me sens moralement obligé de le faire, pour terminer en paix le reste du voyage et atteindre le pôle intérieur.

«Vous vous rappelez la fois que je suis allé à Tewksbury? J'ai rangé la Tiger sur le côté de la route qui domine le village; j'ai regardé l'église toute seule sur son plateau surélevé et, tout en bas, dans le creux de la vallée, les maisons alignées au bord de la rivière et qui paraissaient toutes petites, et puis les belles montagnes boisées, les plus vieilles du monde, les Laurentides, qui entouraient tout ça dans une sorte d'écrin. Ça vous coupe le souffle quand vous regardez ça d'en haut, depuis un certain endroit sur la route, un peu avant l'église. J'ai regardé, mais je me sens coupable de n'avoir pas contemplé et c'est comme si j'avais manqué de respect à quelqu'un. Comprenez-vous? Et puis j'ai eu l'impression, au retour, que l'église avait l'air de veiller; j'ai songé à l'importance du veilleur et à ce que Saint-Ex en disait dans son dernier livre. Depuis, par insouciance, j'ai laissé tout ça au hasard, qui est un lieu où les choses se perdent. Vous comprenez?

«Une chose semblable m'est arrivée à Port-au-Persil, un village de la Rive Nord, pas très loin de Saint-Siméon. Pour être tout à fait honnête, je n'ai pas non plus la conscience tranquille quand je me souviens de Baie-Trinité, beaucoup plus au nord ; mais pour ce dernier je suis capable de tenir le coup, si c'est trop loin pour vous, car j'y avais passé une bonne nuit sous la tente, en plein sur le sable au bord du fleuve, et je m'étais levé très tôt pour voir se lever le soleil et s'éveiller le village.

« Ma vieille Marie, je n'ai jamais retrouvé une chanson que chantait Yves Montand, il y a très longtemps, et qui s'appelait, je crois bien : *Le chant des partisans.* Elle est très vieille, peut-être d'origine russe, je ne suis pas sûr. C'est très important, c'est la toute première chanson que j'ai entendue sur disque, chez mon grand-père, quand j'étais tout petit. Ça parlait de corbeaux et de grenades, c'était un chant révolutionnaire et je me souviens de quelques mots :

> *Demain du sang noir séchera au grand soleil*
> *sur les routes*

C'était impressionnant, très grave et beau, et par moments la musique se taisait et on n'entendait plus que le martèlement saccadé des pas sur la route. Raoul Roy pourrait vous donner un coup de main. Il a découvert justement sur un vieux disque d'Yves Montand, une autre vieille chanson militaire, très belle aussi, qui s'appelle *La Butte rouge.* Il demeure à Saint-Fabien-sur-Mer mais vient de temps en temps à Québec ; même s'il ne pouvait vous aider, vous allez voir : ça vous réchauffe le cœur, toutes ces vieilles chansons qu'il connaît. Vous pouvez lui demander aussi de chanter *Freddie* et il la chantera s'il se sent en paix avec lui-même.

« Quand vous aurez le temps — seulement quand vous aurez le temps — vous écouterez pour moi *Mon camarade,* une chanson de Léo Ferré : le disque qui a une pochette rouge vif; c'est la plus douce de ses chansons et je n'ai pas pris le temps de l'entendre assez souvent. Encore une autre, si vous permettez, une vieille chanson de Louis Armstrong : *A Kiss To Build a Dream On* ; je me sens coupable pour la même raison. »

Charlie ne bouge pas du tout et je continue ma lettre :

« Ma vieille Marie, il y a des questions qu'on laisse sans réponse derrière soi. Vous savez comment le vieux Hemingway aimait la chasse. Pourtant, il s'était attaché à un hibou blanc qu'il avait blessé, en prenait soin, lui attrapait une souris chaque matin et se sentait malheureux au moment de le remettre en liberté. Comment pouvait-il aimer la chasse et faire ça? Ça se passait en 1958, dans l'Idaho, à Ketchum, un petit village situé dans les montagnes près de la station de ski de Sun Valley. Comprenez-vous? Moi, je n'ai pas eu le temps de comprendre. Le temps est ce qu'on a de plus précieux et le mien s'en va à la dérive.

« Maintenant, je dois vous parler de F. Scott Fitzgerald et de son roman, *The Great Gatsby*. J'étais tombé amoureux de ce livre du premier coup, quand j'étais étudiant en lettres, et puis je l'ai lâchement abandonné. Depuis j'ai appris, en lisant les souvenirs parisiens d'Hemingway, combien ce devait être difficile à Scott Fitzgerald d'écrire, à cause de Zelda qui était à peu près folle et très jalouse de son travail. Pourtant, je n'ai pas pris la peine de relire le roman et je me sens terriblement coupable de ma lâcheté. Hemingway disait qu'il fallait être bon et compréhensif à l'endroit de Fitzgerald.

« Il aurait fallu que je relise Bachelard d'un bout à l'autre, surtout pour ce qu'il dit au sujet du feu et des chandelles, et Henri Bosco en même temps. Et les *Lettres à un jeune poète* de Rainer Maria Rilke, à cause de leur gravité. Et puis toute la correspondance de Van Gogh avec son frère Théo, à cause de la chaleur humaine.

«J'ai peut-être l'air d'être malheureux mais ce n'est pas vrai. Je me sens seulement coupable. Je sais aussi que je vous demande beaucoup trop de choses. Je voudrais, en même temps, que vous commenciez à m'oublier à partir de maintenant et tout doucement, un peu plus chaque jour; je veux dire, que vous commenciez à me transformer dans votre souvenir.

«J'aurais aimé, ma vieille Marie, avoir avec vous une longue conversation au sujet des chats, parce qu'ils sont affectueux et jamais serviles et parce que la vraie liberté doit leur ressembler. C'est trop tard pour moi, mais vous pourriez en parler avec une très jeune fille qui flâne souvent du côté de la Place d'Armes, qui va nu-pieds, ressemble à un garçon et répond, quand ça lui plaît, au nom de Charlie la Baleine bleue. Je ne sais pas si j'avais raison; je n'ai jamais fait confiance à une personne qui n'aimait pas les chats. On aurait parlé aussi du Vieux-Québec, cherché pourquoi l'on s'y sent en sécurité et si ça vient des vieux murs, des vieilles maisons, ou de l'âme.

«On n'a pas assez parlé. On aurait pu le faire en se baladant sur le nouveau traversier, le *Radisson*, entre Québec et Lévis. Ou bien sur le *Duc d'Orléans*, vers le pont de Québec ou du côté de Sainte-Pétronille. Je n'ai jamais pris le temps, l'été, de faire ces promenades en bateau sur le fleuve.

«Un peu plus j'oubliais de vous dire, au sujet de Bachelard, qu'il rêvait aux mots lorsqu'il était enfant, qu'il continua plus tard d'y rêver et qu'il avait pris l'habitude, vers la fin, de chercher un correspondant masculin au mot féminin, et inversement, pour que les mots ne se sentent pas seuls.

« Vous ne me croirez pas, mais je ne suis jamais entré à la librairie anglaise de la rue Saint-Jean pour voir si on pouvait y trouver du Salinger en version originale ; et puis, c'est encore pire, je n'ai pas mis les pieds depuis dix ans dans la petite boutique du Bouquiniste de la rue Desjardins.

« Je m'inquiète des peintures ; je veux dire, les peintures en général. Est-ce qu'elles ne sont pas trop rapprochées, dans une exposition ? Et si on les montrait une à la fois seulement... ? Je sais bien que c'est ridicule de dire ça et je ne suis pas capable de bien m'expliquer ; l'important, c'est peut-être qu'on puisse contempler chacune sans être distrait. Et Vlaminck, c'est triste de penser qu'on n'a pas pris le temps de parler de Vlaminck. Je me dépêche et il faut que je dise encore un mot d'un peintre de Roberval ; quand il n'y a pas de neige, il est incapable de travailler : il va s'asseoir au pied d'un arbre et il dit que son âme respire mieux.

« Je termine en vous laissant un message pour le docteur Grondin. Il vient souvent à l'Institut de Cardiologie. Dites-lui simplement que c'est l'intuition qui va le conduire à la vérité, parce que l'intuition vient de l'anima, mais dites-le de façon moins prétentieuse. Et dites-lui encore que je suis totalement responsable de moi-même maintenant. C'est tout. Mais vous pourriez lui dire aussi, si vous voulez, que ses mains sont belles ; je n'ai pas eu le temps.

« Voilà, je vais laisser la lampe allumée comme je vous ai dit ; le pire c'est de se sentir seul. Je ne me sens

pas seul parce que je suis avec Charlie la Baleine bleue
pour ce qui reste à faire.

Affectueusement,

Noël. »

*

— On était sans nouvelles de vous, dit le docteur
Grondin. Je suis arrêté en passant.

— Entrez, je vais faire de la lumière.

J'allumai la lampe qui était près de la porte et je
m'écartai pour le laisser passer.

— C'est haut, chez vous ! dit-il.

— Je me tiens près du ciel.

— Par découragement ?

Je ne trouvai rien à répondre. Il se mit à rire tout
bas et, les mains dans les poches, regarda autour de lui.

— Vous n'avez même pas l'air essoufflé, dis-je.

— Je suis en bonne forme. Et vous ?

— Voulez-vous vous asseoir ?

Il continuait de faire le tour de la pièce.

— Vous étiez dans le noir ?

— Je regardais les bateaux.

— La vue est magnifique, dit-il en s'arrêtant
devant la fenêtre en demi-lune.

— On voit le pont de l'île, dis-je.

— C'est vrai.

— Le jour on voit les montagnes de Charlevoix.
C'est là que j'aurais aimé vivre.

— Moi aussi, dit-il.

— Et quand le temps est clair, on a l'impression
de voir jusqu'à la Côte-Nord. Connaissez-vous la chanson de Vigneault : *Le nord du nord* ?

— Bien sûr.

Et il se remit à marcher, puis s'arrêta devant la peinture : c'était un arbre enveloppé de brume. La peinture n'avait pas d'encadrement.

— Ça me plaît beaucoup, dit-il.

— Moi aussi, dis-je. Mais vous voyez mal.

— Pourquoi ?

— C'est un lavis. Ça se regarde à la lumière du jour.

— Et alors ?

— La brume autour de l'arbre, regardez bien.

Il s'approcha.

— Il y a des taches de couleur, dit-il. Du rouge et du jaune.

— À la lumière du jour, c'est comme si le soleil traversait la brume.

— Je comprends.

— C'est pour ça que le tronc de l'arbre se détache si nettement.

— C'est bien un bouleau, n'est-ce pas ? demanda-t-il.

— Oui.

Il caressa distraitement du bout du doigt la vieille cicatrice qu'il avait dans le cou, du côté droit.

— Je suis sûr que l'auteur est une femme et qu'elle a eu des ennuis avec un homme. J'ai lu pas mal de choses au sujet des arbres. Je dirais même que c'est une jeune fille, une très jeune fille. Je me trompe ?

— Je ne sais pas, dis-je.

Il scruta le bas de la peinture.

— Je n'arrive pas à déchiffrer la signature, dit-il. Elle s'appelle comment ?

— Je ne m'en souviens plus. Vous ne voulez pas vous asseoir ? Je vais vous servir quelque chose.

Il recula de deux pas et dit tout bas, comme pour lui-même :

— Je suis sûr qu'elle a eu des ennuis avec un homme. Vous disiez?

— Vous ne voulez pas vous asseoir quelques minutes?

— Volontiers.

Il prit place sur le canapé et posa ses pieds croisés sur un tabouret.

— Qu'est-ce que je vous offre?... Café?... Cognac?

— Cognac.

— Je vais me faire un café en même temps.

— Interdit. À cette heure-ci, rien de plus qu'un chocolat chaud.

— Vous me rappelez mon père, dis-je.

— Merci, répliqua-t-il sur le même ton.

Je lui versai un cognac, puis je me dirigeai vers la cuisine; c'était difficile de ne pas penser au *Solide buveur de Nestlé Quick*.

Je revins au salon et je m'assis sur l'appui de la fenêtre pour voir glisser sur l'eau les lumières des traversiers d'été.

— Élise est déjà couchée? demanda le docteur Grondin.

— Non.

— Elle n'est pas là?

— Non.

J'avalai une grande gorgée de chocolat.

— Elle est sortie? dit-il.

— Pas exactement.

On entendit un très léger coup de sifflet et, tout de suite après, un bruit sourd. Il fallait prêter l'oreille à cause de la rumeur des gens sur la terrasse. Sans regarder, je savais que le traversier de Québec avait donné l'ordre de lever la passerelle, que celle-ci avait heurté la coque du bateau ; on larguait les amarres.

— Alors elle est partie ? demanda-t-il.

— Comme vous dites.

— Je vous demande pardon. C'est arrivé comment ?

— Deux heures du matin. Une cadillac noire. Trois hommes masqués et armés de mitraillettes. L'auto a disparu à toute allure.

Le chirurgien prit une gorgée ; il laissait le cognac se réchauffer dans sa bouche avant de l'avaler.

— Et ils demandent une rançon, ajouta-t-il.

— Elle est partie avec le joueur de hockey, dis-je.

Après un moment de réflexion, il demanda :

— Vous avez réagi comment ?

— C'est au rejet que vous pensez ?

— Répondez, dit-il doucement.

— Pas réagi du tout. Vous êtes rassuré ?

Il alluma une cigarette. Je regardai l'autre bateau qui s'approchait lentement de Québec.

— Excusez-moi, dit-il. J'essaie seulement de vous comprendre. Vous êtes un homme intelligent, vous allez vous en sortir.

— L'intelligence, vous savez...

— Vous vous méfiez de l'intelligence ?

— C'est quand le soleil est couché que le ciel est le plus beau, avez-vous remarqué ?

Il demeura silencieux un long moment. Finalement, je me risquai à lui dire :

— Durant l'hiver, il y a plusieurs de vos patients qui...

Son verre s'immobilisa à mi-chemin des lèvres.

— ... qui n'ont pas tenu le coup, dis-je.

— C'est vrai.

— La vie n'est pas facile pour vous non plus.

Il but une gorgée.

— C'est comme si une partie de moi-même mourait chaque fois.

— C'est difficile à accepter?

— Oui, mais il y a tous les autres, les gens qui meurent chaque jour parce que je n'ai pas de cœur neuf à leur offrir. C'est encore plus pénible.

— Écoutez, dis-je, vous n'avez pas quelquefois la tentation de vous prendre pour Dieu?

— Oui, dit-il.

Et il se mit à rire. Au bout d'un moment, je dis :

— Maintenant je suis le doyen de vos patients, n'est-ce pas?

— C'est exact.

Il me regarda d'un air faussement sévère et poursuivit, en détachant les syllabes :

— Ça vous donne une sorte de responsabilité morale.

— Je fais de mon mieux, dis-je.

— Il y a toute une équipe de chercheurs derrière vous. Et notre nouveau sérum est beaucoup plus efficace.

— Je sais bien. Je m'excuse mais je me sens tout seul quand même.

— Pourquoi?

— Sais pas. Peut-être parce que la mort, c'est personnel. Tout le monde meurt, mais les détails sont personnels. Au fond, c'est une question de détails.

— Vous n'êtes pas très gai, dit-il. Je peux me servir un autre cognac?

— Bien sûr.

Il se leva, prit la bouteille sur la table et se versa un doigt de cognac. Puis il vint s'asseoir en face de moi, à l'autre bout de la fenêtre.

— Vous aimez beaucoup Québec ? dit-il en regardant le fleuve et les lumières qui se reflétaient dans l'eau.

— C'est une histoire de cœur, dis-je.

Il sourit dans la pénombre. Brusquement je lui dis :

— Je peux vous dire une chose stupide ?

— Si vous voulez.

— Je ne sais pourquoi, mais quand je vous vois j'ai toujours l'impression que vous allez m'aider à tout comprendre. J'attends cette phrase qui va venir tout éclairer, exactement comme...

— ... comme le soleil qui éclaire la brume dans votre peinture ? poursuivit-il.

— Oui.

— Je comprends ça.

— Je suppose que c'est très infantile.

— Vous savez, tout le monde est à la recherche d'un père. Pour l'adorer ou pour le tuer. Et votre histoire, ça va ?

— Ça n'avance plus du tout.

— Pourquoi ?

— Ça s'est passé quelques jours après le départ d'Élise. Je me suis rendu compte tout d'un coup qu'il n'y avait plus de distance.

— De distance ?

— La distance entre l'écrivain et le narrateur, dis-je. D'habitude on la sent, c'est une présence rassurante. Ça permet à l'auteur de rester lui-même et de continuer. Vous comprenez ?

— Et alors ?

— Alors c'est tout. Maintenant il n'y a plus de distance.

Il regarda pensivement le fleuve.

— Écrire, c'est une aventure étrange, dit-il. Je me demande...

— Quoi?

— Je me demande si tout ce que vous sentez ne vient pas du simple fait que vous écrivez.

— Écrire c'est avoir un cœur de jeune fille, dis-je ironiquement.

— Vous n'êtes pas sérieux, reprocha-t-il.

— Je disais ça parce que c'était une belle phrase.

Il se passa le revers de la main sur le front.

— Puisqu'on y est, dis-je, je peux vous poser une question bizarre?

— Puisqu'on y est...

— La jeune fille, vous l'avez connue?

— La jeune fille...?

— Celle dont j'ai reçu le cœur.

— Je la connaissais un peu, dit-il. Je ne suis pas surpris de votre question. Ce qui m'étonne, c'est que vous ayez attendu si longtemps.

— Je suis détraqué, dis-je. Je veux dire : je ne pense jamais aux choses au bon moment. Elle s'appelait comment?

— Secret absolu. La famille l'exige. Je peux vous dire que ce sont des gens très bien.

— Vous pouvez pas me dire son prénom?

— Elle s'appelait Charlotte, dit-il après une seconde d'hésitation.

— Elle avait quel âge?

— Quinze ans, tout juste.

— C'est très jeune. La moitié de mon âge.

— Bien sûr, mais ses... excusez-moi, ses tissus étaient parfaitement compatibles avec les vôtres, vous savez.

— C'est pas un peu étonnant?

— Non, ce n'est pas vraiment une question d'âge. Il n'y a pas d'âge pour donner son cœur, ajouta-t-il en souriant.

Ça battait trop vite dans ma poitrine et je dus attendre une minute, le temps de me calmer. Le chirurgien me surveillait du coin de l'œil.

— Prenez les choses doucement, recommanda-t-il.

— Oui, docteur, dis-je avec un brin d'irrespect.

Je bus lentement mon Nestlé Quick. Ensuite je demandai :

— Elle est morte comment?

— Un accident de moto.

Il avait mis du temps à répondre. Il ajouta :

— Elle aimait bien les motos.

— J'aime bien les motos aussi, dis-je. C'est curieux.

— Qu'est-ce qui est curieux?

— Je sens bien que ça vous fait quelque chose, parler de cet accident. Mais pour moi c'est un peu comme si elle n'était pas vraiment morte.

— J'aimerais mieux que vous ne disiez pas ça, dit le chirurgien.

— Pourquoi?

— Pour rien. J'aimerais mieux, c'est tout.

— Qu'est-ce qu'il y a?

— Rien. C'est seulement votre façon de dire les choses.

Je ne comprenais pas trop, mais je gardai le silence. On pense que les gens sont invulnérables sous leur carapace, et puis non.

— Je peux encore vous parler d'elle si vous voulez, reprit-il.

— Bien sûr...

— J'avais le goût de vous en parler, mais je n'osais pas me l'avouer. J'attendais les questions.

— Je suis détraqué, dis-je. Elle était jolie?

— Très jolie. Les yeux, surtout. De grands yeux très...

Il cherchait ses mots ou bien il était parti à la dérive de ses souvenirs. Il mit du temps à décrire la jeune fille, d'une voix qui avait perdu sa fermeté habituelle; une voix comme un vin blanc trop vieux. À la fin, il reprit son assurance.

— Votre cognac est très efficace, ricana-t-il, comme pour s'excuser.

— Vous êtes fatigué.

— Je suis en pleine forme.

Il vida son verre d'un coup sec. Puis il chercha à voir l'heure à son poignet.

— Je devrais être en route pour Montréal.

— Il est onze heures, dis-je, après avoir consulté le coucou.

— Déjà? Il faut que je parte.

— Juste une minute. Je voudrais vous demander autre chose.

Il se croisa les bras et me regarda avec une patience infinie.

— Vous voulez savoir son caractère? demanda-t-il.

— Oui, dis-je, un peu surpris.

Il alluma lentement une autre cigarette. La flamme de son briquet ne tremblait pas.

— C'était la douceur même. Vous auriez pu très bien vous entendre, malgré...

— Malgré la différence d'âge?

— Excusez-moi, dit-il.

— Vous oubliez que je n'ai pas toujours été doux, dis-je.

— Non?

— Je suis devenu ce qu'elle était, non?

Il me regarda sans répondre. Je commençais à avoir des doutes sur des choses très anciennes, et une vieille question remontait à la surface.

— Docteur Grondin...

— ...

— Avant de décider que le cœur de cette jeune fille me convenait, vous m'avez posé un tas de questions, vous vous rappelez?

— Oui.

— En particulier sur ce que j'écrivais, n'est-ce pas?

— Bien sûr. Et alors?

— Par hasard, vous n'auriez pas essayé de tenir compte de la compatibilité des caractères?

Il se leva.

— Écoutez, dit-il. Je ne vous ai pas déjà expliqué que le cœur était tout simplement un muscle, une sorte de pompe?

— Vous l'avez expliqué, mais...

— Eh bien, je n'ai pas encore changé d'idée.

— Excusez-moi, dis-je.

D'une voix un peu adoucie, il ajouta:

— Disons que je me pose certaines questions.

Et il dit encore, comme s'il me répondait:

— Oui, spécialement à cause de vous. Maintenant il faut vraiment que je m'en aille. Merci pour le cognac.

Il se pencha pour éteindre sa cigarette dans le cendrier, et se dirigea vers la porte.

— Une dernière question, dis-je. Une question stupide.

— Oui ? dit-il, la main sur la poignée.

— Au cours de la transplantation, vous avez pris son cœur dans vos mains ?

— Évidemment.

— Est-ce que ça vous donnait l'impression de tenir un oiseau ?

Il entrouvrit la porte, se retourna vers moi ; il parut hésiter puis il sortit sans rien dire.

*

Charlie m'a regardé écrire toute la lettre, le menton appuyé sur ses poignets.

— Ça va lui prendre toute sa vie, dit-elle.

— Hein ?

— Pour faire tout ça...

— Vous avez lu à l'envers ?

— Je ne voulais pas, mais au début tu as parlé des oiseaux. Ça va lui prendre toute sa vie, répète-t-elle.

— Vous avez raison. Je vais lui écrire d'oublier tout, excepté Bachelard et les chats.

— Non, ce serait malhonnête.

— Vous croyez ?

— Je suis sûre. Tu es écrivain ?

— Apprenti, dis-je.

— Tu écris pourquoi ?

— Pour ne pas me sentir coupable.

— Mais tu te sens coupable quand même ? dit Charlie en montrant du doigt la lettre à la vieille Marie.

— Bien sûr.

— Je comprends, dit-elle doucement.

— Moi non.

— J'ai une grande expérience, dit-elle. Et j'ai Simon.

— Alors, vous avez beaucoup de chance.

— Tu as aussi la vieille Marie, non?

— Bien sûr... Vous n'avez pas envie parfois d'avoir une famille?

— Une vraie famille? dit-elle pensivement.

— Oui.

— Une famille, ça sert surtout quand on est vieux.

Elle n'a pas dit ça pour me blesser et je ne me sens pas blessé non plus.

— Il faut partir maintenant, dis-je.

— Tu as une auto?

— Oui.

— Quelle marque?

— Vous connaissez les autos?

— Excepté les américaines. Je suis un expert en autos. Quelle marque?

— Pourquoi *un* expert, au masculin?

— Qu'est-ce que ça fait, dit-elle.

Elle n'a pas dit ça comme une question.

— Sunbeam Tiger, dis-je.

— Pourquoi me regardes-tu comme ça? Je ne t'ai pas dit que je voulais être un garçon.

— Vous me l'avez dit. Il faut partir maintenant.

— Je pourrai conduire la Tiger?

— Si vous voulez.

— Écoute...

— On entend le ronronnement d'un moteur.

— C'est un hélicoptère, dit-elle. Il doit décoller du brise-glace *D'Iberville*.

Elle s'est penchée à la fenêtre. Si le soleil ne brille pas dans ses cheveux, c'est qu'il se trouve déjà de l'autre côté du Château; la journée s'achève. Elle se retourne, sourit et nous décidons de partir. Je laisse la lampe allumée. Je n'emporte rien.

Charlie immobilise la Tiger au bord de la falaise. Elle a conduit l'auto bien mieux que je ne l'aurais fait moi-même, sans toucher au frein et en utilisant au maximum la boîte de vitesses dans les courbes du vieux Chemin Saint-Louis et sur la route sinueuse de Saint-Nicolas.

Elle descend, le visage épanoui, et me remet la clef.

— Simon est arrivé, dit-elle.

Elle montre du doigt la calèche à demi dissimulée sous les arbres.

— Regarde, dit-elle encore.

— Quoi?

— Là-bas, près de la calèche: un carouge à épaulettes.

— Je ne vois rien du tout, dis-je à voix basse.

— Qu'est-ce que tu as?

— Rien.

— Tu ne trouves pas que l'air est doux?

— Il est très doux.

— Et tu ne trouves pas que c'est beau?

— C'est très beau.

— La mer baisse, dit-elle.

C'est vrai que la mer baisse. Du haut de la falaise, on voit une partie de la grève, le gros rocher et les cages d'anguilles qui émergent à moitié. Vers Saint-Augustin, de l'autre côté du fleuve, le soleil va atteindre l'horizon et commence à rosir la batture mouillée.

Bien sûr que l'air est doux, et c'est beau à regarder, mais je ne peux pas oublier cette légère nausée qui depuis le matin ne m'a pas laissé. Et puis il y a des choses que je commence à comprendre, d'autres qui m'échappent. Je vois déjà s'ouvrir, à travers les arbres, l'étroit sentier qui nous mènera au pied de cette falaise où, derrière la rangée d'arbres, au fond du jardin abandonné, nous découvrirons la maison d'enfants. C'est compliqué, les histoires de cœur. Ce paysage qui m'habite depuis toujours et dont je vais bientôt voir l'ensemble, ce n'est rien d'autre que l'enfance elle-même. Je le sais maintenant : le pôle intérieur, c'était l'enfance. Alors je comprends que Charlie, qui vit tout près de la sienne, ait pu m'aider à franchir la dernière étape ; pour l'essentiel toutes les enfances se ressemblent. Il fallait bien que la route fût celle de la douceur. Je ne suis pas en retard au rendez-vous, mais je ne pourrai jamais vivre dans ce paysage parce que la vie, c'est l'agressivité. Finalement c'est mon enfance qui me rejette ; c'est drôle, à présent j'ai l'impression que je l'ai toujours su. Voilà ce que je comprends. Tout n'est pas très clair, mais les histoires de cœur sont trop compliquées pour moi, qui n'ai plus le mien, qui n'ai plus que cet autre qui ne me convenait pas ou me convenait trop bien. Je pense aussi que la vie commence à nous rejeter dès le moment de notre naissance et que nous nous contentons tous de chercher à tâtons notre façon personnelle de mourir.

— Tu viens ? fait Charlie. On va rater le coucher de soleil.

Elle me tire doucement par la main. Je résiste.

— Attendez un peu, dis-je péniblement.

Je suis secoué en dedans. Ça me fait mal dans la poitrine et dans le ventre. Je m'allonge dans l'herbe.

Tout ce qui parvient à l'extérieur, c'est un rire très doux qui s'éteint petit à petit. Ensuite je m'assois.

Charlie s'agenouille près de moi.

— Tu étais triste, maintenant tu ris, dit-elle.

— C'est rien. Des idées stupides. Je me prenais au sérieux.

Elle met ses bras autour de mon cou.

— Je t'aime bien, tu es comme Simon.

— Ma vieille Baleine bleue, dis-je tout bas dans son oreille.

— Viens maintenant, à cause du soleil, dit-elle.

Elle me prend encore une fois la main et me conduit au sentier; je fais semblant d'être perdu pour lui faire plaisir. À l'entrée, à demi masquée par deux sapins bleus, elle laisse ma main et commence à descendre. Je la suis pas à pas. Le sentier est étroit, tortueux, glissant.

Tout de suite je suis à bout de souffle. Je m'arrête. Elle se retourne. Je respire bruyamment. Je descends auprès d'elle et je m'assois sur une grosse racine qui coupe le sentier. Elle s'assoit aussi, les coudes sur les genoux de ses jeans, le visage levé vers la tête des arbres et elle commence à siffler la cantate *Jesus, Joy of Man's Desire*. Elle n'est pas du tout essoufflée, elle siffle la cantate jusqu'au bout avec une maîtrise parfaite. Ensuite je lui mets la main sur l'épaule pour dire que je suis prêt. Elle pointe son doigt vers le bas du sentier.

— Regarde, murmure-t-elle.

— Où ça?

— Juste à l'endroit où on perd de vue le sentier.

— Oui.

— Le rayon de soleil, tu le vois?

— Bien sûr.

— Un peu à gauche, dit-elle. Il y a un geai bleu.

— Je ne vois pas.

— Regarde au bout de mon doigt.

Je me penche pour suivre exactement la direction.

— Je ne vois rien du tout, dis-je un peu tristement.

— Ça ne fait rien, dit Charlie. Au début, on ne voit pas les oiseaux. C'est comme si on était aveugle.

— Dites-moi comment il est.

— Ne sois pas triste, il est très beau. Il a le dos bleu comme un ciel d'hiver, le ventre très blanc, une très belle huppe bleue sur la tête et un collier noir autour du cou. Il a des rayures noires et des taches blanches sur les ailes et sur sa grande queue.

— C'est très joli.

— Oui, mais tu es triste quand même.

— C'est pas grave maintenant.

— Je vais t'aider. Je vais te raconter le rêve que j'ai fait. Je l'ai raconté seulement à Simon. Tu veux bien?

— Bien sûr, mais le soleil...

— Ça ne fait rien, le ciel est plus beau quand le soleil est couché.

— C'est ce que je dis toujours.

— Je voyais un grand oiseau blanc qui planait au-dessus du fleuve entre Québec et Lévis. C'était une sterne arctique, l'oiseau que j'aime le plus. Il avait de grandes ailes, un capuchon noir sur la tête, le bec et les pattes rouge vif. C'est un oiseau du Grand Nord, il ne descend jamais plus bas que la baie James et pourtant c'est lui que je voyais dans mon rêve. Il était blessé et il avait du sang qui coulait sur sa poitrine blanche. Tu as déjà vu une sterne arctique?

— Jamais.

— C'est l'oiseau sur la couverture du livre que j'ai laissé chez toi. Tu n'écoutes pas...

— Je pensais au docteur Grondin. Excuse-moi.

— C'est la première fois que tu me dis tu. Tu penses trop, mais je t'aime bien. Tu poses toujours des questions et tu penses trop, tu es comme les enfants. Et aussi tu es doux et tu me fais penser à un chat.

Quand quelqu'un dit qu'il nous aime bien, on a envie qu'il comprenne tout.

— Je pensais au docteur à cause de la douceur et de la mort.

— Je ne te demande rien, dit Charlie.

— Bien sûr, mais la mort c'est la dernière étape de la douceur. La mort, c'est la douceur absolue. C'est le calme, le repos. C'est l'absence de mouvement et la paix.

Je parlais lentement, je prenais mon temps pour bien expliquer. Maintenant Charlie ne dit plus rien, mais sa tête, depuis un moment, s'est appuyée contre mon épaule. Alors, pour lui faire plaisir :

— C'est un très beau rêve et ça prend une Baleine bleue pour rêver aussi bien.

— J'ai de la chance, dit-elle avec une voix tout enrhumée.

Elle s'éclaircit la voix en toussant plusieurs fois et dit encore :

— J'ai toujours beaucoup de chance.

— Tu peux y aller maintenant, ma Baleine bleue.

Nous descendons le reste du sentier lentement mais sans nous arrêter et sans que Charlie n'aperçoive le geai bleu ou un autre oiseau. Au bas, nous débouchons brusquement sur la grève. La marée est déjà basse et la longue batture, déchirée par le rocher et les cages d'anguilles, est encore empourprée par les derniers rayons du soleil.

Charlie m'entraîne sur la grève sablonneuse. Je pourrais marcher les yeux fermés : c'est comme si je revenais chez moi après une longue absence; seulement, les nausées augmentent et je ne sais pas si je pourrai aller jusqu'au bout. Elle me conduit vers une anse où la falaise recule devant un petit bois. Nous franchissons la première rangée d'arbres, traversons le jardin abandonné, contournons un sapin et un bouleau et, à cinquante pas, la maison apparaît.

Simon est debout devant la porte ouverte, et d'ici il paraît presque aussi grand que la maison. Il a le teint bronzé, le front haut sous les cheveux noirs, la barbe grisonnante, les épaules très larges; il porte une chemise noire, un pantalon de velours avec des bottes qui montent aux genoux. Il nous regarde.

Charlie abandonne ma main, s'avance vivement vers lui et, appuyant la pointe de ses pieds nus sur les bottes du caléchier, elle noue ses bras autour de son cou. Elle a l'air de lui parler à l'oreille. Je suis resté sur place, essoufflé et le cœur battant. Il me regarde impassiblement. Je me sens vieux et jeune en même temps, comme quelqu'un qui aurait perdu d'un coup toute son expérience. C'est difficile à expliquer. Je suis content de voir la maison; elle est en bois brun et bruni par l'âge, un peu plus petite que je pensais.

Charlie se retourne et fait signe d'approcher.

— Soyez le bienvenu, dit Simon d'une voix bourrue en me serrant la main.

— Merci.

— La Baleine bleue dit que vous avez fait un voyage et que vous êtes fatigué.

— C'est à peu près ça.

Lui et Charlie ont les mêmes yeux.

— Alors entrez vous reposer, dit-il.

Il s'écarte de la porte. Il ressemble à la photo d'Hemingway que j'avais à Québec, mais il me rappelle aussi quelqu'un d'autre, un homme que j'ai connu et oublié en cours de route.

Je me penche pour entrer. La maison n'a qu'une pièce. Au milieu, une table très basse et quatre petites chaises ; dans un coin, deux lits étroits et superposés, avec une courte échelle ; le Chanoine dort sur le lit du bas ; dans le coin opposé, un piano d'enfant où est assis un polichinelle dont les jambes démesurées traînent sur le clavier.

— C'est Jimmy, dit Charlie qui suivait mon regard.

— Je sais, dis-je doucement.

Et des livres. Des livres partout. Mais sur un mur, accrochés à des clous, il y a des fusils et des revolvers. Simon a refermé la porte sans bruit et s'est appuyé contre le mur, près de l'entrée. Il n'y avait pas d'armes dans mes rêveries. Et sous le lit, j'aperçois encore deux caisses en bois. Je regarde Charlie.

— Tu es surpris ? demande-t-elle.

— Non.

— Ça, c'est une caisse de dynamite, et l'autre, des vieilles grenades.

Je ne suis pas vraiment surpris ; j'ai la gorge sèche et je suis trop fatigué pour poser des questions.

— La Baleine bleue me dit que vous êtes écrivain ? dit le caléchier d'une voix calme.

— Apprenti, dis-je tout bas.

— J'ai choisi l'autre chemin, vous voyez.

— J'avais compris.

Au bout d'un moment, je dis, sans trop savoir pourquoi :

— Vous aimez les livres...

— Il est très doux aussi, dit Charlie, comme si elle se parlait à elle-même.

— On écrit encore avec des plumes d'oiseau, dis-je.

— Je suis vieux et je n'aime plus beaucoup les idées, dit Simon.

— Moi non plus.

— Reposez-vous sur le lit, dit-il.

— Oui.

— Demain la maison sera vide.

— Vous partez? dis-je en m'allongeant sur le lit du bas.

— Il faut toujours se déplacer. Alors si vous avez besoin de quelque chose...

— J'ai tout ce qu'il faut.

— Repose-toi en paix, dit la Baleine bleue.

Simon ouvre la porte et ils se préparent à sortir. Alors Charlie se retourne :

— Je la laisse ouverte pour que tu entendes la marée.

Et elle met sa main dans la grande main de Simon et ils sortent. Je me demande toujours si le caléchier est son père ou non. J'appelle faiblement :

— Baleine bleue...!

Elle se retourne une seconde fois.

— Si tu vois un jour la vieille Marie...

— Oui? dit-elle.

— Non... rien.

Elle fait un petit signe de la main, puis je la vois disparaître avec Simon derrière les arbres. Le Chanoine les suit. C'est vrai qu'on entend le fleuve; la marée a sans doute commencé de remonter. J'ai l'impression d'être en retard. J'avais oublié de dire à la vieille Marie de ne pas cesser d'écrire : quand on arrête, ça fait du tort à tous les autres. J'aurais voulu dire aussi à la Baleine bleue que j'aimais bien son cœur.

Je me lève avec difficulté. Je vais chercher Jimmy sur le piano, je l'allonge sur le lit. Puis je soulève le couvercle d'une caisse et je prends une grenade. J'enlève la goupille. Je glisse ma main, serrée sur la grenade, sous mon vieux chandail gris. Je me couche de côté, la tête penchée, les genoux relevés et l'autre main entre les jambes. Les nausées ont disparu et je me sens bien. J'ai une chanson dans la tête mais je ne trouve pas le titre. Non, c'est plutôt comme le chant d'un oiseau. Un oiseau en liberté.

Bibliographie

Œuvres

Mon cheval pour un royaume, roman. Montréal, Éditions du Jour, 1967, 130 p., coll. «Les Romanciers du Jour».

Jimmy, roman. Montréal, Éditions du Jour, 1969, 158 p., coll. «Les Romanciers du Jour».

Le cœur de la baleine bleue, roman. Montréal, Éditions du Jour, 1970, 200 p., coll. «Les Romanciers du Jour».

Faites de beaux rêves, roman. Montréal, l'Actuelle, 1974, 163 p.

Les grandes marées, roman. Montréal, Leméac, 1978, 200 p., coll. «Roman québécois».

Volkswagen Blues, roman. Montréal, Québec/Amérique, coll. «Littérature d'Amérique», 1984, 290 p.

Le vieux chagrin, roman. Montréal/Arles, Leméac/Actes Sud, 1989, 158 p.

La tournée d'automne, Montréal, Leméac, 1993, 212 p., coll. «Roman québécois».

Chat sauvage, roman. Montréal/Arles, Leméac/Actes Sud, 1998, 188 p.

Disponibles dans «Bibliothèque québécoise»:
— *Faites de beaux rêves*
— *Le cœur de la baleine bleue*

Disponibles dans « Babel » :
— *La tournée d'automne*
— *Les grandes marées*
— *Le vieux chagrin*
— *Volkswagen Blues*

Études (choix)

COLLECTIF, *Nord*, n° 2 (hiver 1972).

COLLECTIF, *Québec français*, n° 34 (mai 1979), p. 33-40 [reproduit dans *Romanciers du Québec*, Québec, Québec français, 1980, p. 145-161].

COLLECTIF, *Études françaises*, vol. 21, n° 3 (hiver 1985-1986), p. 3-106.

GARNEAU, Jacques, « *Le cœur de la baleine bleue*, roman de Jacques Poulin », dans Maurice LEMIRE (dir.), *Dictionnaire des œuvres littéraires du Québec*, t. V : *1970-1975*, Montréal, Éditions Fides, 1987, p. 160-162.

HÉBERT, Pierre, *Jacques Poulin. La création d'un espace amoureux*, Ottawa, Presses de l'Université d'Ottawa, coll. « Œuvres et auteurs », 1998, 105 p. [V. p. 65-87 et Bibliographie p. 197-205].

POULIN, Gabrielle, « *Le cœur de la baleine bleue* de Jacques Poulin. Un roman piégé », dans *Relations*, n° 371 (mai 1972), p. 154-155 [reproduit dans *Romanciers du pays, 1968-1979*, Montréal, Éditions Bellarmin, 1980, p. 263-270].

RICARD, François, « Jacques Poulin : de la douceur à la mort », dans *Liberté*, septembre-octobre 1974, p. 95-105.

Table des matières

BIBLIOTHÈQUE QUÉBÉCOISE

Jean-Pierre April
Chocs baroques

Hubert Aquin
Journal 1948-1971
L'antiphonaire
Trou de mémoire
Mélanges littéraires I.
Profession : écrivain
Mélanges littéraires II.
Comprendre dangereusement
Point de fuite
Prochain épisode
Neige noire
Récits et nouvelles. Tout est miroir

Bernard Assiniwi
Faites votre vin vous-même

Philippe Aubert de Gaspé
Les anciens Canadiens

Philippe Aubert de Gaspé fils
L'influence d'un livre

Noël Audet
Quand la voile faseille

François Barcelo
La tribu

Honoré Beaugrand
La chasse-galerie

Arsène Bessette
Le débutant

Marie-Claire Blais
L'exilé suivi de Les voyageurs sacrés

Jean de Brébeuf
Écrits en Huronie

Jacques Brossard
Le métamorfaux

Nicole Brossard
À tout regard

Gaëtan Brulotte
Le surveillant

Arthur Buies
Anthologie

André Carpentier
L'aigle volera à travers le soleil
Rue Saint-Denis

Denys Chabot
L'Eldorado dans les glaces

Robert Charbonneau
La France et nous

Adrienne Choquette
Laure Clouet

Robert Choquette
Le sorcier d'Anticosti

Laure Conan
Angéline de Montbrun

Jacques Cotnam
Poètes du Québec

Maurice Cusson
Délinquants pourquoi ?

Alfred DesRochers
À l'ombre de l'Orford suivi de
L'offrande aux vierges folles

Léo-Paul Desrosiers
Les engagés du Grand Portage

Pierre DesRuisseaux
Dictionnaire des expressions québécoises
Le petit proverbier

Georges Dor
Poèmes et chansons d'amour
et d'autre chose

Fernand Dumont
Le lieu de l'homme

Robert Élie
La fin des songes

Faucher de Saint-Maurice
À la brunante

Jacques Ferron
La charrette
Contes
Escarmouches

Madeleine Ferron
Cœur de sucre
Le chemin des dames

Jacques Folch-Ribas
Une aurore boréale
La chair de pierre

Jules Fournier
Mon encrier

Guy Frégault
La civilisation de la Nouvelle-France
*   1713-1744*

François-Xavier Garneau
Histoire du Canada

Hector de Saint-Denys Garneau
Journal
Regards et jeux dans l'espace
*   suivi de Les solitudes*

Jacques Garneau
La mornifle

Antoine Gérin-Lajoie
Jean Rivard, le défricheur suivi de
*   Jean Rivard, économiste*

Rodolphe Girard
Marie Calumet

André Giroux
Au-delà des visages

Jean Cléo Godin et Laurent Mailhot
Théâtre québécois (2 tomes)

Alain Grandbois
Avant le chaos

François Gravel
La note de passage

Lionel Groulx
Notre grande aventure
Une anthologie

Germaine Guèvremont
Le Survenant
Marie-Didace

Pauline Harvey
La ville aux gueux
Encore une partie pour Berri
Le deuxième monopoly des précieux

Anne Hébert
Le torrent
Le temps sauvage suivi de
*   La mercière assassinée*
*   et de Les invités au procès*

Louis Hémon
Maria Chapdelaine

Suzanne Jacob
La survie

Claude Jasmin
La sablière - Mario
Une duchesse à Ogunquit

Patrice Lacombe
La terre paternelle

Rina Lasnier
Mémoire sans jours

Félix Leclerc
Adagio
Allegro
Andante
Le calepin d'un flâneur
Cent chansons
Dialogues d'hommes et de bêtes
Le fou de l'île
Le hamac dans les voiles
Moi, mes souliers
Pieds nus dans l'aube
Le p'tit bonheur
Sonnez les matines

Michel Lord
Anthologie de la science-fiction
*   québécoise contemporaine*